告別

┃金英夏作品集 1 ┃長篇小說

작별인사

金英夏 김영하——著

胡椒筒——譯

不久你就會忘記一切，
不久一切也會忘記你。

——馬可・奧理略（Marcus Aurelius）

蝴蝶會夢見自己是個機器人嗎？

——小說家／劉芷妤

自古至今，我們從無數文獻中看見，在任何時代、任何地域，使用任何語言的任何人種，都無一例外地思考過「我是誰？」這樣的問題，甚至衍伸出「我為何存在？」、「如何證明我的存在？」等更多相關困惑。

在所有的問題裡，定義是最困難的，而越是基本的定義，則越是困難：蘋果為什麼總是會掉下來？零與無限大的概念是什麼？而當我們將眼光從浩瀚宇宙與紛雜人群中回望自身，一切的擾攘爭執，似乎與「我是誰？」這樣的自我叩問比起來，都變得那麼無關緊要。這類困惑的艱難之處正來自於它的簡單，無論是笛卡兒的「我思故我在」，或是莊周夢蝶的詩意思辨，至今類似的問題都未有絕對正確的答案。

在某些人眼裡，以上的思索恐怕都是自我封閉的獨居者在傷春悲秋時的庸人自擾，對大部分群眾更關切的現實煩惱毫無幫助，若說這個存在意義的哲學命題正是《告別》這部長篇小說裡的主要旋律，或許有很多人會皺起眉頭，覺得又是一本堆砌虛無詞彙的喃喃自語。

然而，這本書的作者不是其他人，他可是金英夏。

只要對韓國文化略微熟悉便會知道，金英夏作家在韓國影視與文化圈中都相當活躍，除了擅長各類文體，無論長短篇小說、散文到影視劇本，凡出手便引起注目之外，更主持了廣泛介紹各類書籍的廣播節目、在知識型綜藝節目中擔任長期來賓，也樂於嘗試Podcast等新媒體並獲得相當好評，當然，在網路上也擁有相當強大的發聲能量，可說是存在感極高的一號公眾人物，十足十的意見領袖。

這樣一個在新舊媒體之間來去自如的作家，忙著現實生活中種種紛沓而至的大小事務，想必就分身乏術了，我們似乎很難想像這種「現充」竟然也會思考那麼老掉牙的哲學命題——但，這就是金英夏《告別》與其他鎖定自我存在意義的文學作品截然不同的地方，《告別》以近未來的機器人小說這種立即能引起好奇眼光的科幻類型設定，搭配毫不拖沓、節奏緊湊的末日冒險劇情，帶領讀者在完全可以搬上大銀幕的精彩情節之中，回望自身與世界的關係。

其實，金英夏並非第一次做出類似的嘗試，在他的上一本長篇小說《殺人者的記憶法》中，描寫一個收手已久的年邁連續殺人犯，在遇上了年輕的對手時，也同時發現自己罹患了阿茲海默症。書中兩個智慧型犯罪的殺手對決，便是極受大眾歡迎的犯罪推理類型，搭配阿茲海默症這種容易造成短期記憶喪失、事實與幻想混淆的病症，導致主角難以確認對世界與自我的認知，進而衍伸出更多自我懷疑、存在與否的思辨，讓主題自然而然與類型小說交融一體，以暢快吸睛的劇情引導讀者思考。

如果以這樣的模式再往前回溯，我們不難察覺出金英夏的小說作品其實經常展現類似的特質：《光之帝國》表面上描寫的是南北韓緊張局勢之中，間諜的祕密生活，實際上卻是過去與現在、南韓與北韓、間諜與平民、獨行俠與人夫人父……種種對立身分之間的分裂，當「我」同時擁有許多種身分，該以哪一個「我」為優先的掙扎，藉此再次凸顯出歷史、社會與人際之間，對於「我是誰」的延伸命題。而在《我有破壞自己的權利》這部成名作品之中，金英夏同樣以聳動的自殺嚮導這類充滿爭議的「職業」，帶領讀者思考：如果連必然的死亡都多半是身不由己的話，究竟誰真的能掌握自己的人生？

用好萊塢電影中的類型題材，寫人類生命中的困惑與徬徨，這無疑是金英夏小說作品的魅力所在。而《告別》作為《殺人者的記憶法》之後長達九年才推出的最新長篇小說，從書名完全看不出來是個機器人與人類末日的故事，但依照他的自述，這個書名可以適用於他一大半的作品，這或許也側面證實了金英夏無論用什麼樣的題材創作，所有的故事之中都擁有一脈相承的核心概念。

回到這本最新的《告別》，金英夏筆下以第一人稱帶動故事的「哲」，是個一直以為自己是人類的機器人，他擁有人類的外型，會吃會睡會排泄，不僅懂得思考、擁有情感、能夠學習，甚至他還會做夢——這個特質，讓人無法不想起科幻經典《銀翼殺手》的原文書名《Do Androids Dream of Electric Sheep?》（仿生人會夢見電子羊嗎？）也隱約讓人窺見《告別》一書所意欲探索的主題。

「做夢」這個與一般機器人不同的特質，讓哲深信自己絕對如同「爸爸」所說，是個貨真價實的人類，即使在不小心離開了爸爸為他築起保護牆的小小世界，被送進一個任誰都當他是機器人的機器人集中營裡，他也不曾懷疑自己的人類身分。哲在集中營裡認識了朋友，一同逆境求生、抵禦敵人並驚險逃離。在逃亡與冒險的路上，他最終發現了自己的身分並非人類，而是一個高度擬真的機器人，同時發現了作為機器人的另一個永生可能：將心智上傳到雲端，成為機器人心智集合體之中的一部分。

《告別》以哲的第一人稱視角展開，從他的名字，便能看出這部作品對於哲學探討的企圖心。而作者並不僅是將眼光放在「擁有心智的機器人能稱為人嗎？」這一個議題上，故事裡更有為了器官捐贈而生的複製人、為了陪伴人類而製作的寵物機器人，以及成千上萬的老舊機器人報廢後心智上傳雲端所組成的「集體智慧」……金英夏創造出人類以外的多種可能性，精心設計了讓這些角色互相詰問質疑的情節，經由基於不同「製造過程」而生的各個角色，接連不斷擲向彼此的問答，撞擊出精彩得不可思議的哲學辯證，將許多人可能覺得枯燥無聊的存在主義，在劇情中轉變成燦爛奪目的煙火，令人目不暇給，也不自覺地跟著角色一起思考：

一個活得很痛苦的人，我們應該為他延續生命嗎？如果我們無法保證他活下來之後能夠活得快樂，我們有資格決定他應該要活下來嗎？想要救活一個人，就必須對這個人未來可能產生的痛苦背負責任嗎？

在金英夏的筆下，這些尋常人眼裡看來可能近乎找碴的問題，全都有其必要深思。透過哲，一個與人類極為相似卻畢竟不是人類的機器人，我們也開始能夠探索身體與心智之間的關係——沒有了身體，再也無法感受微風吹拂、看不到壯闊的晚霞、摸不到柔軟的貓咪，對於一個人的意識怎麼可能沒有影響？不再飢餓、疲倦，失去了生理時鐘週而復始的需求，可能根本不是我們想像中那樣輕鬆愉快；而不會疲倦無需睡眠，意味著將日夜無法停止思考；沒有了疼痛、老朽與死亡，將讓心智對曾經珍惜深愛的事物漸漸麻木。

以身體經驗為基礎的心智，一旦脫離了身體，首當其衝的感受，絕不會是自在快活，更可能是惶然無依。

金英夏透過哲的成長，帶給讀者一波又一波的思考浪潮，最後收束在西伯利亞鄂霍次克海沿岸，蒼涼廣闊的雪地裡。結尾回頭扣緊了開場，字句間湧動著的詩意幾乎也要濕了讀者的眼眶，讓人忍不住思考：在故事開頭，一切都還沒有發生之前，曾經親手埋葬棕耳鵯幼鳥的那一個哲，與最後在白樺林裡，放棄了機器人的永生，學著像人類那樣死去的哲，是同一個哲嗎？

做為金英夏的讀者，我開始相信每一個沒有正確答案的問題，都是一種祝福。如果人類死去之後，靈魂會到天堂或是來世，那麼一個很像很像人類的機器人死去之後，會發生什麼事呢？哲也會有靈魂嗎？他的靈魂會和人類一樣都是二十一公克嗎？有沒有一種可能是，當他如人類一般地死去之後，才發現原來他的一生其實是莊周夢蝶裡的那隻蝴蝶所做的一場夢，只不過這隻蝴蝶夢見的是一個機器人。

蝴蝶會夢見自己是個機器人嗎？那想必是一場如同《告別》一樣讓人深深為之震動的美夢吧。

將死亡馴服為一種選擇

——寫作者、編輯／蕭詒徽

你是誰？

你是從什麼時候開始，知道自己是誰的呢？

有人選擇用直接而物性的方式回答這個問題：一九八〇年代，在早年以DNA雙螺旋結構的發現而獲得諾貝爾生理醫學獎的英國生物學家Francis Crick，提出關於人類意識的「神經相關性理論」。他認為，自我意識是大腦的生物功能，只要找出在某些意識狀態時活躍的腦部結構，那麼，所有心理狀態都可以歸因於腦部活動。在這樣的假設下，意識產生的起點是身體的感官知覺，是細胞和神經元的交互作用。

有另一些人，回答的方式比較深奧：在《薛西弗斯的神話》開篇的〈荒謬的推理〉卷，卡繆寫下他的名言——「真正嚴肅的哲學問題只有一個，那就是自殺。判斷生命值不值得活，就等於答覆哲學最根本的問題。」

一九五五年，在該書的紐約英文版自序中，卡繆繼續補充：「本書的主題是探索自殺問題的解答。……懷疑生命有無意義，是合理且必要的。」在卡繆的荒謬主義思辨裡，自我不只是「覺察意識的存在」，還包含了更後面的階段、對於生命本質的商榷。

也就是說，我們是在知道自己生命的意義之後，才知道自己是誰的。

◊

有趣的是，即使卡繆的觀點關乎心靈的自覺，卻仍與肉身生命有所聯繫：人類生命意義的探索，往往建立在其有限的長度。身體可以活多少年，大腦可以運作多久，這些條件所賦予的時間，成為討論生命意義的潛在基礎。

大概連卡繆也沒想到，在《薛》出版的八十年後，人類迎來了人工智慧元年。縱然此刻人工智慧的發展尚未抵達通用人工智慧（AGI）的成熟階段，遑論人型機器人（Humanoid Robots）量產應用的時機，但卡繆的命題顯然已遭動搖——如果將來出現有意識的人工智慧，它（他？）的存在意義是製造者指定的嗎？如果它的意識存續時間可以近乎永恆，它應該以哪種時間尺度——一百年，一千年，一萬年——思考自己的生命意義？

而當人型機器人也擁有了知覺肉身，意識從純粹的資訊運算擴充到 Crick 所預想的意識起點，人類應該以什麼倫理面對它們，甚而以什麼倫理面對「我們」？

不可思議地，金英夏將這些問題，以一部中篇小說的規模，優雅地一一觸及。說優雅，是因為作家藉由孩童主角的第一人稱視角，採取了一種帶有民間譚（Folktale）色彩的敘事風格。每一位大人對主角「哲」所訴說的故事與道理，透過哲的懵懂，折射為無有定形亦無說教意味的提問。

故事中，哲想問的問題其實和我們一樣：我是誰？如果定義的原則隨著時代千變萬化，我應該經由哪些方式，知道自己是誰呢？

◊

一切的開頭是一隻瀕死的鳥。而哲看待這隻鳥的方式，也暗示了整部小說對（人類）讀者的反身性：當我們面對人工智慧發展所帶來的種種新問題，何嘗不是在面對人類自身的種種舊問題？——說人工智慧的存在意義受制於製造者，君不見人類社會仍存在不少父母對下一代生命的控制欲；說人工智慧導致身份界定與繼承倫理的問題，君不見人類社會的自我認同與律法之間仍繼續未完的磨合。

身為小孩子的哲的困惑，也是人類集體的困惑。或者更精確地說，面對世界，人類至今仍經常像個孩子。

於是乎，哲的成長也醞釀著人類的成長。故事中韻味深雋的一個段落，是哲猶豫是否要選擇讓一名機器人好友藉由記憶的重新安裝再次「復活」。那是我們都曾經有過的美夢：有朝一日，所有病痛都不復存在，科技將找到方法使肉身的災難一筆勾消，無傷無痕，無病無煞；有朝一日，我們的情感將至少可以反抗失去，機器帶回與所愛之人相同的生命，永遠在一起。

但故事提醒著我們，這種美夢背後是一種權力。我們看似單純的希冀，代表著對其他生命遂行擺布、有所等差的權威。意識到這種權威的存在之後，回頭檢視我們的夢想和欲望，或許會發現它們帶有隱藏的骯髒。這樣的反省構成了《告別》的敘事基調與美學意義。無論在哲與父親的關係、與愛人的關係、與社會的關係，都可見到經過再次檢視後，原先童話般的理解的清醒，或超越。

◇

如果哲遇見卡繆，我相信他是那個可以清澈地回答卡繆提問的人。生命值不值得活？經過漫長的歷險，哲確定了自己的答案，也是金英夏藉由書名所揭示的回應：理想的告別理應是一種主動的辭行，而不是被動地等待什麼離開、不得不說出再見的樣子。

金英夏知道，而哲也將知道，我們不是在等待死亡，我們是在選擇死亡。

目次

我躺在白樺林裡，雙眼凝視漆黑的天空。一次短暫的人生，兩個身體。此時此刻，第二個身體正在面臨死亡。也許連意識也會一起消失。我所經歷的一切就像煙花一樣，在我的腦海綻放開來。曾經，回顧往事是我的日常生活，在只以單純的意識存在的時期，我到處尋找與自己有關的紀錄。記憶拼湊起來的時候，我就會重返過去。每當這時，故事就會從棕耳鵯死去的那天一早、一切出現動搖的瞬間展開。

埋葬棕耳鵯的那天

那段時間，我每天早上睜開眼睛就會穿上鞋子出門跑步。起跑的瞬間，我感覺心曠神怡，身體也繃緊了。那天跑完步，回家的路上，我在路邊的石頭旁看到一隻死掉的棕耳鵯。那是一隻灰色的幼鳥。難道牠在飛上天空後，因體力不支掉下來了？再不然就是受到突襲而墜落的？我蹲下來，觀察了半天這隻死去的小鳥。我見過這個小傢伙嗎？自從爸爸在陽臺放了一個鳥飼料盒，引來了各種小鳥。山雀雖小，膽子卻很大。我把飼料放在手上，牠們也會若無其事地飛來啄食。棕耳鵯比山雀大，但膽子非常小，根本不敢飛過來。腹部橙色的黃尾鴝嘰嘰喳喳地飛在灌木叢中，躲閃著天敵，偶爾也會飛來啄幾下飼料盒。每次看到這些聰明的小鳥，我都會覺得很神奇。牠們豆大的小腦袋是怎麼做到這一切的呢？這些小傢伙的視力和記憶力都很好，看到我和爸爸一起伸出手，也只會來啄我手上的飼料。牠們好像一直記得之前做出威脅動作、戲弄自己的爸爸。

那天，伽利略和康德也坐在陽臺窗邊，以高度的集中力看著小鳥飛來啄食的場面。牠們靜靜地坐在那裡，眼睛追著小鳥轉個不停。我看到從未捕獵過的伽利略和康德緊盯窗外的小鳥蠢蠢欲動，不禁覺得這應該就是牠們的本能。

「爸爸，棕耳鵯死了。」

爸爸正在準備早餐。榨汁機嗡嗡作響，正在榨泡了一夜的生杏仁果。爸爸喜歡用自己榨的杏仁奶泡麥片吃。

「你說什麼？」

「我說死了。」

「誰死了？」

「棕耳鵯。」

爸爸從廚房的窗戶望了一眼外面。

「那隻也是棕耳鵯吧？」

「嗯。」

一隻棕耳鵯在樹枝間飛來飛去。

「聽你這麼一說，怎麼感覺好像少了一隻呢？」

「因為有一隻死了。我先去洗澡囉。」

我脫下衣服，但始終放心不下那隻好似髒毛線團一樣躺在路邊的小鳥。我撿起衣服又穿了回去。

「你不是說要洗澡？」

爸爸停下吃麥片的手，問道。

「我想去把牠埋掉。鐵鍬在哪兒？」

「倉庫。用完把土清乾淨，再放回原處。」

棕耳鵯還在那裡。我用鐵鍬拖著屍體走進院子，在種著杜鵑花的花壇一角挖了一個小坑。幸好泥土沒有凍硬，我把棕耳鵯放進坑中，撒上柔軟的土，最後用鐵鍬的背面輕輕地壓了幾下。一切結束後，我也沒有離開，而是在原地站了很久。某種感情湧上了心頭，但無法用語言表達。是難過，還是對死亡的恐懼？我的感情就像放在商店的櫥窗裡似的，只能看見，卻摸不到。

我把鐵鍬放回倉庫，走出來的時候，看到爸爸正站在窗邊望著我。我脫下運動鞋走到客廳，爸爸放下手中的工作，直勾勾地盯著我的表情。

「埋好了？」

「你不是都看到了。」

「你怎麼會想要埋掉牠呢？」

「不知道，就是覺得不能放著不管。牠是生病了嗎？還是因為沒有水喝，渴死了呢？」

水碗一直放在陽臺外面，但因為上個星期氣溫降至零下，所以移到了室內，結果我忘記再放回去。一想到是我的失誤，心裡就非常沉重。

「這不是你的錯。死有成千上萬種理由的。」

我上樓洗了澡。用熱水把身體清洗乾淨後，心情好轉了一些。我覺得埋掉小鳥是對的，否則我一整天都會心神不寧。我換好衣服來到廚房，吃了用杏仁奶泡的麥片。爸爸早已吃完早餐，坐在客廳的書桌前了。

「趕快吃完，過來學習。」

爸爸的意思是上漢字課。聽爸爸說，使用韓文的韓國人和使用漢字的中國人在閱讀時，會刺激大腦不同的部位，因為漢字是圖畫文字，韓文則是由子音和母音組合而成的表音文字。我不明白爸爸是什麼意思，那時的他一直沉浸在漢字的世界裡。我們的教材是《千字文》。

「這本書可不是單純的漢字課本，而是蘊含古代中國人世界觀的人文書。」

他用《千字文》的第一句「天地玄黃」舉例說：

「蒼天是黑色的，大地是黃色的。」

「為什麼說天是黑色的？天明明是藍色的啊。」

爸爸指向窗外。

「現在的天是什麼顏色？」

天氣陰沉，天空布滿了烏雲。

「現在是灰色的，但那些烏雲的後面是藍天啊。」

「那藍天之外是什麼呢？」

原來如此。藍天之外還有黑暗、浩瀚的宇宙。

「從前的中國人是怎麼知道的呢？」

「中國人認為夜晚的天空更接近本質，而不是白日的天空。因為白日的天空變化無常，早上是紅色的，中午是藍色的，晚上又會變成紅色的，而且陰天的時候是灰色的，所以無法信任，但夜晚一直都是黑色的。而且中國人還會看星星卜卦，所以夜晚的天空對他們而言更具有意義。現在想來，中國人是對的。黑暗的夜空才更接近真相，白天太陽強烈的光線反而遮住了宇宙的原貌。現在觀測宇宙不是也都在夜晚深山中的天文臺嘛。」

我們上課時總是這樣，所以進度非常慢。爸爸告訴我，必須學習人類古老的智慧。他堅信就算世界瞬息萬變，也還是存在著永恆不變的什麼。即使科技發展與日俱進，人類創造文明的本質也不會改變。

「等一下。今天學到哪裡了？」

「剛才那隻棕耳鵯。」

爸爸翻著《千字文》抬起頭來。

「我不知道這是什麼心情。有點傷心，又有點生氣，還有點害怕。我心情十分複雜，但洗完熱水澡後又很快平復下來了。」

爸爸想了想，在白紙上寫下四個字。

宇宙洪荒。

「你還記得這個詞嗎？」

當然記得。這是《千字文》開篇「天地玄黃」接下來的四字成語。

「茫茫宇宙遼闊無邊。但嚴格來講，《千字文》中的宇宙並不是我們現在所說的宇宙。『宇』字的原意為屋簷、房屋，代表整個空間的總稱，『宙』字則表示古往今來無限的時間，所以這個詞可以理解為無限時空的荒涼。但這也是我們現在所知的宇宙特性。宇宙是浩瀚無垠的。」

爸爸為什麼突然講起宇宙了呢？

「中國人把這個世界理解成一座大房子，之後發現這個房子太大、太空了。我覺得人類的心也是如此。從二十世紀後期開始，很多科學家都以為人類很快就可以徹底理解人的大腦，相信只要找出控制恐懼和喜悅等特定感情的部位，就可以輕鬆解開感情的祕密。然而，他們越是深入了解，越是發現這件事並不簡單。這就跟相信只要掌握遺傳圖譜、就可以了解所有人類一樣不切實際。就算是很簡單的感情，但在我們有所感受的當下，大腦和身體也會同時運作。例如，肚子餓的時候，會感到焦躁、氣憤。這是因為消化器官正在與大腦交換訊號。人類的大腦就像宇宙一樣，知道的越多，不知道的也就越多。你可以把自己的大腦看成是剛剛形成的宇宙。你現在不理解是理所當然的，因為你才剛開始探索自己的內心和感情，以後多多經歷、感受和思考，就可以更加切實、深入地理解了。現在不用太擔心。」

跟爸爸在家學習並非一件壞事，他是一位好老師，但我還是想去所謂的學校。「Homeschooling」[1]這個詞不是以「School」為前提的嗎？爸爸讓我讀了很多經典小說，小說中的主人公很多是與我年紀相仿的青少年，故事背景都設定在學校。當然，這些主人公會在學校遭受到排擠、霸凌，忍受集體生活的壓力。但儘管如此，他們還是會在學校結交到可以交心、互相幫助的朋友。爸爸偶爾會帶我去參加研究所員工的家庭聚會，每當這時我會遇到其他研究員的孩子。大家尷尬地坐在一起做自我介紹，玩著無聊的桌遊等待大人們的聚會結束。每次我都很不理解，為什麼大人會無來由地相信孩子很容易交上朋友。每次從別人家回來，爸爸都會問我：「今天跟朋友玩什麼了？」

「我們不是朋友。我們只在幾個月前一起玩過桌遊，聊過幾句早就不記得的

1 Home（家）＋ school（學校），中文名稱為「在家自學」。

話而已。」

雖然我不知道什麼是真正的朋友，但至少知道這種關係不是朋友。

有一天，我提出也想去學校的念頭。但爸爸說：「研究所的孩子都不去學校。」他還近似辯解地說：「學校是二十世紀的產物，但到了二十一世紀初期，學校就已經喪失它的效用了。」

「過去的學校就相當於收容所。為了讓父母上班工作，所以國家負責照顧孩子。十幾歲的孩子熱血沸騰，把他們聚集在一起，所以總是問題不斷。」

爸爸給我看了幾張二十世紀初期的建築物照片。我覺得是學校的建築，其實是工廠，而那些我認為是工廠的建築，結果是監獄。這與我的想像截然不同。二十世紀的人似乎很喜歡紅色的磚頭和灰色的水泥，隨處可見灰暗的磚牆和更灰暗的水泥建築。

「你還想去學校嗎？」

我搖了搖頭。我這樣做是不想傷爸爸的心，因為他對自己的教育方式自豪無比。

你必須跟我們走

從西側窗戶照進來的微弱光線消失後，研究所裡鴉雀無聲的氣流也發生了變化。研究員們紛紛關掉電腦，從座位上站起來。爸爸走到我身邊，看了一眼我正在讀的書。

「《綠野仙蹤》，有意思嗎？」

「嗯，這是我第三次讀這本書。」

「看來你很喜歡主人公去遠方探險的故事。《西遊記》和《魔戒》也讀了很多遍吧？」

真的是這樣。

「你最喜歡《綠野仙蹤》裡的哪個角色？」

「現在還不好講。」

「我小時候，最喜歡膽小的獅子。明明是獅子，膽子卻很小，多可愛啊。走吧，我們回家，回去再看。」

爸爸下班前，繼續留下來工作的研究員又詢問了一些事。即使是無關緊要的問題，爸爸也回答得很慎重。

爸爸事先預訂的移動艙正等在研究所大門外。搭乘無人駕駛的移動艙，很快就可以抵達我們位於科技園區內的家，沿路上可以看到提早下班正在修剪庭院雜草的人、陪孩子玩飛盤的人。不久前，我家隔壁搬來了一位印度出身的數學家。這時正在打理院子的數學家看到我們，揮了揮手。從她家開著的門縫，隱約散發出一股薑黃味。數學家和三歲的女兒一起生活，還養了一隻可愛的小豬。比起女兒，數學家更常誇耀小豬很聰明。

走進家門，貓咪們一如既往地歡迎了我們。豎起尾巴的小傢伙們一邊發出喵喵的叫聲，一邊用頭蹭著我們的小腿。三隻小貓分別叫笛卡兒、康德和伽利略，但沒有什麼特別的意義。這種取名方法來自專攻哲學，並以「人工智慧的倫理選擇」為主題取得博士學位的爸爸。笛卡兒總是蜷身而坐，好似陷入深思；康德好像在按表操課，會定時吃飯、睡覺、上廁所；伽利略喜歡把書桌上的東西弄到地上，看上去就像在做自由落體實驗（貓塔叫做比薩斜塔）。我的名字叫「哲」也取自於「哲學」。爸爸在散步路上發現了與母貓失散、正處在彌留狀態的康德和伽利略，於是把牠們帶回了家。

對爸爸而言，貓是一種刺激知性的存在。這種靈活敏捷的哺乳動物幾千年來都一樣，會在大街上靠刺激人類的同情心生存下來，但沒有像狗或馬被徹底馴化。

「貓會留心觀察人類的一舉一動，並做出相應的行動，但牠們始終以自我為中心。可以說，貓是天生的自戀狂。貓不會為主人犧牲自己，更不會徹底服從主人。儘管如此，牠們卻比任何時候都還受人類的喜愛。自私的人類對什麼都不滿，可是為什麼會被更自私的貓迷得神魂顛倒呢？」

製造完美的機器貓是爸爸長久以來的夢想之一。因為機器狗已經量產，但機器貓還沒有。真的可以製造出既獨立又高傲又受人喜歡的機器貓嗎？人們會購買這種機器貓嗎？爸爸出於興趣，花很長時間設計了一隻機器貓。就這樣，笛卡兒誕生了。研究所的人都喜歡貓，大家欣然地加入了這個專案。但由於每個人對貓的期待不同，所以在設定笛卡兒的性格時，著實吃了不少苦頭。要會撒嬌。不，撒嬌就不是貓了。貓得孤高才行，而且要多睡覺。不，總是睡覺的話，消費者會覺得無聊。各種意見爭執不下。關於笛卡兒的性格，爸爸只提出了一點建議，我也對此表示同意。

「要貪心、自私。這樣的貓才可愛。」

人多嘴雜，容易誤事。笛卡兒成了一隻不倫不類、有點傻乎乎的貓。爸爸帶笛卡兒回家的那天，康德和伽利略豎起渾身的毛，充滿了敵對情緒。隨著時間流逝，牠們才漸漸接受了笛卡兒。看到笛卡兒運動能力差，也不貪吃，兩個小傢伙才沒把它放在眼裡。

我們依次撫摸過三隻貓，晚餐吃了昨天剩下的千層麵，剩餘的食物連同可生物降解材質的餐具一起傳輸到中央集中管理中心。不知從何時起，洗碗變成了我的工作。但其實也無須做什麼，只要把食物和餐具一起放進廚房角落的管道就可以了。要注意的是，必須蓋好管道的雙層蓋子。爸爸再三強調，一定要蓋好蓋子，不然貓會跳進去。蓋好蓋子後，按下按鈕，剩餘的食物和餐具就會嗖的一聲消失不見。那聲音十分輕快。在「智人麥特斯」園區，所有的事情都會這樣處理。覺得礙眼的東西都可以簡單地送往某處，沒有人在乎它們後來怎樣了。我根本不知道外面的世界有什麼，也不需要知道。我甚至不知道是富可敵國的大公司在保護著園區，而且只有被選擇的少數人可以舒服、愜意地生活在這個近似於孤立島嶼的地方。

我洗乾淨手，拿起玩具魚竿，開始和小傢伙們玩耍。這是爸爸一天當中笑得最開心的時刻。活蹦亂跳的小貓追趕著不能吃的羽毛。牠們就像心情轉換劑一樣，告訴爸爸一天疲憊的工作結束了。三隻哲學貓咪很快便對魚竿失去興致，突然互相追逐了起來。伽利略追趕康德，康德一躍撲向假裝事不關己的笛卡兒，最後三隻小傢伙都興奮地落荒而逃。

「我現在老是會忘記笛卡兒是機器貓。是因為它學會了其他貓咪的行動，所以我才會有這種錯覺吧？」

「不是只有笛卡兒這樣。你仔細觀察，就會發現康德和伽利略也在模仿笛卡兒的行動。最終牠們會變得相似，越來越像彼此。」

爸爸起身，準備出門散步。他說最近胖了，所以吃完晚飯要出門散步，當作運動。但問題是，他回來後又會覺得肚子餓，然後吃宵夜，結果給減肥帶來了反效果。幾百年前，為求生存而進化成整日在草原上狂奔的人類依然需要不斷運動。若不運動就會變胖，血液就會變黏稠、堵塞血管。

我望向窗外。入冬後，巴掌大的白楊樹樹葉掉了一地，晚霞把街道染成了橙色。

「我也想跟你一起去。」

那天，我莫名覺得待在家裡很悶。爸爸的表情立刻僵住了。

「你早上不是去運動了嘛。經常出去很危險，最好待在家裡。」

我也知道國內某些地方正在發生內戰，新聞每天都在播報政府軍掃蕩山區游擊隊的消息。平壤和首爾市內接連發生恐怖攻擊事件。每當事件爆發，政府就會發出警告，聲稱一定會找出參與事件的恐怖分子和組織進行嚴懲。政府還會把擊斃的屍體並排擺在大街上示眾。形似鰩魚的龐大菱形無人戰鬥機也會從「智人麥特斯」園區上空飛過，但整個園區始終很和平、安寧，所以對外面發生的一切沒有半點真實感，感覺就像虛擬世界裡的遊戲一樣。

「這裡是『智人麥特斯』園區，怎麼可能會有人對這裡進行恐攻？」

「世事難料。」

「那我可以去院子裡嗎？」

爸爸既沒同意，也沒反對。我當他同意了，穿上運動鞋，來到院子裡。一直到那時，印度數學家還在那裡彎腰拔著雜草。

「妳不覺得很麻煩嗎？為什麼要親手拔草呢？」

聽到我的發問，她直起了腰。

「拔草可以轉換心情。這麼有趣的事怎麼能交給機器人呢。」

數學家驀然望向西邊，感嘆此時的天空就和她離開的孟加拉一樣。晚霞把大同江河口的天空染成了莊嚴的橙色。

「為什麼會有晚霞呢？」

為了回答我的問題，數學家高談闊論起大氣散射現象和光的折射原理，但我覺得她對此也不了解。

「妳可以準確計算出明天早霞的樣子嗎？」

數學家往後仰著腰，搖了搖頭。

「我只能預測按下水管按鈕、水濺到你身上的距離，至於飛濺的水珠是什麼形態就不得而知了。充分的數據，也就是說，如果有充分的數據，確實是有可能的。

但是到明天早上之前，存在太多變數，所以不可能用數學準確計算出早霞的顏色和形態。這就好比在黑咖啡裡加入奶精，預測奶精會以怎樣的形態擴散開來一樣。而且，這也沒有預測的必要。像早霞、晚霞這種無害又莊嚴的大混亂，只要欣賞就好啦。有什麼好預測的？它又不會殺死我們。」

「未來真的是未知數。」

「『無法預測未來』也不是確切的事實。」

「這是什麼意思？妳是說可以預測未來嗎？」

「這取決於『未來』意味著什麼。」

當時我還以為她是在開玩笑。但現在我明白了，她說的是宇宙的時間。地球的時間與宇宙的時間不同。不，當時的我並不知道時間是以生活在地球上的人類為中心的概念。總之，我沒能理解她的話，對話就此中斷了。數學家笑著把收集在一起的雜草放進火爐燒了，我默默地看著快速燃燒又馬上熄滅的火花。就在這時，身穿連帽防風衣、腳踩跑鞋的爸爸走了出來。數學家看到爸爸就抱怨了一番，說我們家的貓咪會跑到她的院子裡，破壞菜園、到處大便。爸爸答應她會鎖好門，不再讓牠們跑出去。

爸爸跟往常一樣朝商店街所在的小廣場方向去了。看樣子，他是打算順路採買。爸爸問我需要什麼，我說想吃酸甜的水果。爸爸不喜歡吃水果，但因為我，家裡一直都有水果。

數學家脫下沾滿泥土的圍裙，準備回家。

「博士。」

她回頭看向我。

「嗯？」

「最近園區很危險嗎？」

「這個嘛……怎麼這麼問？」

「爸爸說很危險，哪兒也不允許我去。」

「是喔？」

數學家從頭到腳打量了我一番，歪著頭說：

「最近這個國家確實很亂。也是啦，這也不是這裡才有的問題。但你這麼健壯，力氣又大，他有什麼好擔心的呢？」

「可不是呢。」

突然，雨點劈里啪啦落下。數學家摘下防滑手套，拂去身上的泥土，走進了家門。雨越下越大，我終於有了去小廣場的名份。之前我曾經拿著雨傘去接過爸爸，他對我這樣做很是滿意。我從玄關的鞋櫃找出雨傘，拿著它朝小廣場的方向走去。我快步走了五分鐘左右，看到了遠處戴著帽子的爸爸的背影。人們輕快地跑過他身邊。那一瞬間，雨神奇地停了。爸爸伸出右手，確認不再下雨後，摘下了帽子。

小廣場那個有半圓形屋頂的舞台上，一個弦樂四重奏樂團正在表演。但因為剛剛下雨，沒有一個觀眾。天氣很冷，又下了雨，音樂家們卻都不以為意地演奏著海頓。爸爸駐足聽了一會兒，然後為了買貓咪的零食走進了寵物店。我想著要在寵物店門口等他出來，給他一個驚喜。雖然雨停了，但我不想一個人走回家。我等了半天也不見爸爸出來，他可能正在一一對比零食的營養成分。弦樂四重奏樂團持續演奏著。有一次，爸爸給我聽荀白克的音樂，告訴我音樂就是有秩序的噪音。但我覺得音樂中存在著某種無法解釋的神祕。難道是因為音樂比語言更早存在？又或者是因為宇宙中存在的永恆不變的原理？當我沉浸在音樂中思考著這些問題時，事件發生了。

有人拍了拍我的肩膀。我以為是爸爸，高興地轉過頭時，看到了兩個陌生的男人。身穿黑色西裝的這兩人身高相同，令人驚訝的是，他們的長相也差不多，就跟雙胞胎一樣。一個人不由分說地拿出像是遙控器的裝置對準我，另一個人則向我展示顯示器，只見畫面中閃著一個紅色的字母R。

「嗯，沒有登記。」

左邊的男人掃了一眼同事手中的顯示器說道。我還沒有走出音樂的餘韻，完全聽不懂他們在講什麼。

「什麼登記？」

「找到了一個。」

右邊的男人對左邊的男人說。他們的態度就像把我當成了透明人一樣。我又問了一次「登記」是什麼意思。左邊的男人用公事公辦的語氣說：

「機器人登記。你是沒有登記的機器人。」

「真不知道你在說什麼。如你所見，我是人類，不是機器人。」

「你不要說謊。機器絕對不會出錯。」

也許是因為經常聽到爸爸說「沒有完美的機器」，所以「機器絕對不會出錯」這句話讓我覺得很諷刺。我下意識地噗哧笑了。兩個男人絲毫不在意我的反應，右邊的男人再次向我展示顯示器，上面依然閃著和剛才一樣的紅色R。

「請看，你是紅色。」

左邊的男人拿起檢測器對準路過的孩子。

「請看，人類的話會顯示H，因為只有人類身上存在放射性元素。檢測器能夠感知這種元素，但你身上沒有。」

左邊的男人話音剛落，右邊的男人便點頭附和道：

「簡直天衣無縫，連我們也以為你是人類。但就算再像，你也不是人類。」

看來情況比我想像的更嚴重。

「我不知道你們在說什麼。拿著一個奇怪的機器，在這裡開什麼玩笑！」

這次他們把檢測器對準正在表演的弦樂四重奏樂團。四個人的臉出現在畫面中，臉部上方標示著辨識結果。只有小提琴演奏家是H，其他三個人都是R，但是是藍色的R。

「請看，雖然它們是機器人，但是都登記了。它們的R是藍色的，跟你不同吧？所以它們才能在公共場所表演。」

中提琴演奏家的臉部上方的確閃著藍色的大寫字母R。無論我說什麼，兩個男人的表情都沒有變化。可以肯定的是，他們是在按程序做事。我開始害怕了。這兩個男人的言行舉止證明了他們是低級機器人，這種機器人不可能跟人類開玩笑。他們一定是哪裡故障了。那個當下，我迫切需要爸爸。如果爸爸在的話，一定會馬上找出他們的問題。

「那個，請等一下。我爸爸在那個寵物店裡，他很快就會出來。雖然我不知道你們在說什麼，但請等一等。」

我指了指寵物店，但兩個男人絲毫沒有要等待的意思。

「爸爸？沒有登記的機器人，不可能有家人。現在你必須跟我們走。」

兩個男人用韓文、英文、中文、日文和俄文快速重複了一遍「現在你必須跟我走」。左邊的男人高舉手臂，揮動了兩下。瞬間，一台飛行艙穿過小廣場、降落在我們的面前。眼前魔術般的場景讓我驚愕到呆住了。看到飛行艙的瞬間，我不禁產生一種不祥的預感，說不定我人生最本質的什麼，會因為這次的事件發生徹底的改變。我的身體僵住，連嘴也張不開。兩個男人趁機抓住我的雙臂。我掙扎著想要衝入寵物店，但他們一下子就制伏我，舉起我丟進了飛行艙。他們的力氣大得驚人。路人圍了過來。我對著路人大喊：

「我爸爸在寵物店裡，拜託你們轉告他，哲、哲被抓走了。我的名字叫哲，我爸爸是崔振洙博士。」

我感覺後頸碰到了什麼冰涼的東西，隨即暈了過去。

外面的世界

如果當時我待在家裡會怎樣呢？繼續對外面的世界一無所知，每天學習《千字文》和觀察松鼠爬樹嗎？

當時間沖淡這分後悔，而我能以某種平靜的心情回顧當天發生的事情時，我更常想起的反而是事件發生前的平淡日常。事實上，我一直覺得無聊、煩悶的日常生活才是最大的福分。當然，那時的我一直對外面的世界充滿好奇。每當意識到無法滿足好奇的欲望時，我就會覺得自己很不幸，認為本該擁有的權利被延遲、被剝奪了。爸爸總是說時機尚未成熟，加上其他孩子也和我一樣生活在園區裡，我也就習慣這種「監禁」的生活了。橫越研究所上空的飛行物從遠方而來，又消失在遠方。到了冬天，成群結隊的大雁會從北方飛來，到了春天又會飛回北方的西伯利亞。「外面」確實存在，但我不知道為何我不能出去。爸爸試圖以滅菌狀態保護我，但最終還是失敗了。闖入我人生的「外面」，讓我暴露在完全沒有免疫力的狀態。但我不怪爸爸，畢竟這是他相信的最佳選擇。

回想起來，與爸爸共度的時光十分美好。他喜歡給我看老電影和小說，了解十九、二十世紀的人類發生了什麼事也很有趣。但了解就只是了解，而不是掌握某種知識。我需要利用相當長的時間去看、去閱讀；故事形態的電影和小說的意義，會與內心的變化以略為複雜的方式——也就是，透過領悟——傳達並烙印在我的內心。我很享受這樣的過程。雖然每個地區、人種和宗教之間存在著不同，但二十世紀的人類多為大家族，人們飽受超負荷勞動的折磨，在非人性的高密度職場裡身處一平方公尺的空間，呼吸著污染的空氣埋首工作。即使是微不足道的疾病也會輕易奪走他們的生命，留下來的家人因此飽受失親之痛和貧困之苦。當時的人類飽受各種痛苦，即使眼下並無痛苦，也會因為擔心未來的痛苦而痛苦。正因為這樣，才會源源不斷地出現那些能夠讓人忘卻現實、精神上的毒品——故事：擁有特殊能力的人類在空中飛來飛去拯救地球的故事，透過愛情互相救贖的故事，歷經磨難尋找人生意義的故事。

我也會沉浸在這些故事中，但對人物經歷那些生老病死的痛苦並沒有切實的感受。因為園區一直都很安寧，日常生活就像反覆記號一樣一成不變，彷彿我的人生根本不會經歷那些故事中的災難與磨難。我只是好奇跟父母，或爺爺奶奶、叔叔阿姨和兄弟姊妹生活在一起會是什麼感覺，也很羨慕那些前往未知遠方冒險的主人公。爸爸從不提起媽媽，不知從何時起，我也不再追問與媽媽有關的事了。但有時我還是會看著鏡子中的自己，推測與我長相相似、上了年紀的女性的容貌。我想像著有一天遇到的媽媽的樣子。

有時在我看電影或看書的時候，爸爸會在我身上貼電極貼片，記錄我身體發生的變化。「累積的數據越多，越能製造出更好的機器人。」笛卡兒就是透過這種方法製造出來的，所以只要能為研究帶來幫助，在我身上貼什麼都無所謂。況且，爸爸也常把電極貼片貼在自己頭上，所以這種事在我們家一點也不新奇。

白天在研究所遇到的孩子們也都會經歷與我相似的小插曲。父母研究運動的話，孩子就要做各種運動；心理研究員家庭裡的孩子，還要參與各種測試。因為這種文化，所以爸爸也不例外。雖然我沒有太大的不滿，但還是會覺得鬱悶，而且常常萌生衝動，希望可以像故事中的主人公一樣獨自去往遠方。正因為這樣，當我在移動中的飛行艙裡醒來時，感受到的並非只有恐懼與不安。我生平第一次離開園區去往某處，漸漸遠離平壤高樓如林的天際。未知的目的地肯定既陌生又令人不悅，但我讀過的小說中，只要主人公能夠奮起行動，就可以克服艱難險阻，最終修成正果。想到這裡，我不禁對這趟突如其來的冒險產生了小小的期待。飛行艙飛過煙霧繚繞的原野，降落在位於深綠色森林中央的白色建築樓頂。在樓頂等候、身穿白色制服的人帶走了我。當我們穿過亮得刺眼的走廊，一個正方形的院子出現了。眉間皺紋很深的男人指著椅子說：

「坐那邊。」

我對他說，一定是哪裡搞錯了，我是「智人麥特斯」研究所崔振洙博士的兒子，拜託他趕快聯絡爸爸。但那個人愣愣地看著我，喃喃自語：

「『智人麥特斯』真是厲害，了不起啊。」

他的語氣難以辨識是稱讚，還是諷刺，之後他乾脆不理睬我了。稍後，兩個穿白色制服的人從兩側抓住我的手臂。我對他們說：「放我回去，我是人類。你們有什麼權利把我帶到這裡？」但他們沒有任何反應，就只是拽著我往前走。我被他們帶到一個天花板很高、像是體育館的地方，也很像遭遇地震或洪災的人們臨時居住的避難所。正前方可以看到舞臺，本來應該是觀眾席的地方鋪了幾百個床墊。我坐在入口附近的空床墊上，觀察著四周。已經晚上了，但照明讓整個空間還是很亮。各種型號的機器人走來走去，有的機器人徘徊不前或反覆做著毫無意義的動作，有的機器人起身又坐下或是用頭撞牆，還有的機器人拔下自己的腿在進行拆解。

「喂。」

我抬起頭，只見一個面相酷似石頭一樣生硬的男孩皺著眉頭站在那裡，看上去應該是六、七歲？

「怎麼了嗎？」

「位置。」

「什麼位置？」

「那是我的位置。」

「對不起。我還以為沒有人呢。」

我趕快起身讓位。男孩一屁股坐在床墊上，抬頭直勾勾地看著我。

「今天進來的？」

正要去尋找其他位置的我停下腳步。

「嗯，就在剛才。」

「你從哪裡來？」

「平壤。」

「平壤哪裡？」

「智人麥特斯。」

「我沒問製造廠家，我是問你住的地方。」

「我住在那裡。他們一定是搞錯了，所以把我帶到這種地方。」

「你住在『智人麥特斯』？」

「我一直住在那裡。你知道『智人麥特斯』？」

「那裡很有名啊。你是那裡的產品？」

「不，我是人類。我在那裡出生，我爸爸是那裡的研究員。」

男孩難以置信地瞇起眼睛從頭到腳打量了我一番。

「你確定？」

「確定什麼？」

「確定自己是人類？」

「當然了。我是人類，不是機器人。真不知道你在說什麼。」

「好吧。你說你是人類，但從現在開始，你最好假裝自己是機器人。」

「嗯？什麼意思？」

「我說讓你假裝自己是機器人。」

「為什麼？」

「聽我的話不會錯。只有這樣你才能活下去。」

活下去？這是什麼意思？不然會死嗎？還要假裝是機器人？因為被誤以為是機器人，所以我被抓了進來，應該趕快證明我是人類才能離開這裡，怎麼又說要假裝機器人才能活下去？為什麼要隱瞞是人類呢？

「這裡的機器人討厭所有近似人類的東西。」

男孩比想像中更會察言觀色。

「好吧。那假裝機器人到底是什麼意思？」

「你不是從『智人麥特斯』來的嗎，在那裡應該見過很多機器人吧？只要模仿它們的行動就可以了。」

「那裡的機器人和人類很難區分……等一下，那你是？人類？還是……」

「我是什麼不重要。重要的是，你是什麼。很快你就會明白的。」

「你叫什麼名字？我叫哲。」

「我叫旼。」

男孩疲倦地躺在床墊上，轉身背對我。我坐到他身邊，問道：「這裡到底發生了什麼事？」

「等等善姊姊就回來了。你問她吧。」

話音剛落，所有的燈都熄滅了，四下一片漆黑。我抱住膝蓋，垂下頭，想起了唯一能救我出去的人——爸爸。他走出寵物店後，應該聽聞我的消息了吧？他肯定很驚訝吧？爸爸一定在千方百計打探我的行蹤。他是知名的研究員，肯定能馬上找到我。再忍耐一下好了。我靠著這種想法安撫自己，內心深處卻傳來另一個聲音：你覺得你對他很重要嗎？你也可能是個惹人厭的孩子。就算他不是故意拋棄你，但也沒有必要非得找到你。也許，也許……

我知道這是不可能的，但懷疑的聲音迴盪在心中，始終沒有消失。

生而為人

我睜開眼睛的時候，一個戴著眼罩、面相凶惡的獨眼龍正雙手抱胸俯視著我。

我猛地坐起來。獨眼龍用腳尖踢了一下我的腳，開口問了什麼，但我沒聽懂。

「你說什麼？」

獨眼龍沒有重複問題，而是指了指自己的耳朵。這個手勢似乎是在問我聽不見嗎。就在這時，一個身穿紅襯衫的女孩挺身而出，替我回答道：

「沒錯，他沒登記。」

獨眼龍沒有理會女孩，一直注視著我。

「你剛才在睡覺吧？難道不是人類嗎？」

「他是最新型的超真機器人。『智人麥特斯』的產品。」

這次是旼回答。獨眼龍仍用懷疑的眼神看著我問：

「是嗎？你自己回答。」

「是的，我是從『智人麥特斯』來的。」

我勉強開了口。

「他是寵物。」

女孩說。我突然變成了最新型的寵物機器人。但因為昨晚有所聽聞，所以我默默地把自己的命運交給女孩和旼。獨眼龍像在挑西瓜似地敲了敲我的頭說：

「又來了一個討人厭的寵物。毫無用處的垃圾。」

其他機器人從遠處搖搖晃晃地圍了上來。最令人生畏的是，一個身穿迷彩服、高達兩公尺的魁梧機器人一把推開了獨眼龍。

「這是寵物？根本就是人類啊！真的不是人類？」

「我都說不是了！」

見女孩提高音量，魁梧的機器人竟乖乖地安靜了。迷彩服歪著頭，緩緩轉身，把目光移到昨晚和我一起進來的新人身上。一個躲在牆角的倒霉孩子進入它們的視野。他看上去應該和旼同歲。

「你是什麼？人類，還是機器人？」

獨眼龍和迷彩服大步朝孩子走去。旼正要追過去，但幫助我的女孩一把抓住旼的手腕，攬入她的懷中。他們似乎知道接下來會發生什麼事。

「我不是機器人，我是人類。一定是搞錯了。求求你們放我回去吧。」

孩子的話正是我剛才醒來時想要說的話。我是人類，我不是機器人，一定是搞錯了……我親眼目睹了這樣回答後會發生的事。獨眼龍和迷彩服互看對方一眼後點了點頭。獨眼龍一拳打在孩子的肚子上，孩子發出呻吟聲彎下腰。然後迷彩服用左手抓住孩子的脖子，右手拽住孩子的左臂用力一拉。孩子的左臂就像娃娃的手臂一樣被拔了下來。為了不發出尖叫聲，我立刻捂住自己的嘴。女孩更用力地抱緊了旼。迷彩服仔細端詳拔下來的手臂。雖然有紅色的液體從手臂上滴下來，但斷裂的部位露出了人造纖維的線頭。失去手臂的孩子看迷彩服拿著自己的手臂，臉色煞白，尖叫了起來。這種情況似乎經常發生，除了幾個人以外，其他人都表現得一副不以為意的樣子。

「做得可真像。這傢伙也是最新型的？現在都能流出像血一樣的液體了。也是啦，這樣他們才能相信自己是人類。」

迷彩服把手臂丟得遠遠的，其他機器人把它撿起來又丟到別處。孩子大喊，讓他們把手臂還給自己。獨眼龍一腳踹在孩子身上，踹得他喘不過氣了。

「吵死了。你這個可惡的寵物機器人……少隻手臂不會死的。」

孩子癱坐在地上，嚎啕大哭了起來。比起失去手臂，他似乎更驚訝於自己是機器人的事實。我渾身瑟瑟發抖。女孩放開旼，警告我說：

「看到了吧？這就是下場。」

「它們為什麼要這樣做？在這之前，我遇到的機器人絕對不會傷害人類，因為最初就是那樣設計它們的。」

「你看了還不明白？那孩子不是人類，是機器人，而且是沒有登記的機器人，所以它們想怎麼樣都可以。」

「如果是人類，就沒事了嗎？」

「至少會安全吧。當然，它們都是戰鬥型機器人，如果把人類認知為敵人的話，也是會攻擊的。」

「我要怎麼向它們證明我是人類呢？請幫幫我。一定是搞錯了。我不是像人類的機器人，我真的是人類。」

「那孩子說自己是人類，結果下場慘重。你不是也親眼看到了嗎？」

「妳的意思是它們討厭人類？但那孩子是機器人啊。」

「是人類的話，早就死了，那孩子至少還活著。那些傢伙最討厭自以為是人類的機器人，覺得很晦氣。」

「那你們呢？你們也是機器人嗎？」

「難道你不知道未登記機器人的管制法已經生效了？」

「什麼法？」

「你是從另一個世界來的嗎？政府現在可以隨時關押、處理未登記的機器人了。」

「這跟我有什麼關係？我又不是機器人。難道你們是機器人？」

旼挽起左臂的袖子，只見左手腕被截斷了，本該有手的部位露出人造纖維，很像剛才被獨眼龍和迷彩服欺負的那個孩子。

「你也和那個孩子一樣被它們欺負了？」

「不是，我是遇到了事故。」

「那妳也……」

「我？我兩隻手都好好的。」

女孩張開雙臂展示給我看。

「不是，我的意思是，妳也是機器人嗎？」

「你覺得呢？」

「不知道。我現在什麼都不知道了。」

「那你知道自己的名字嗎？」

「我？我叫哲。不是海蜇的蜇，是哲學的哲。」

女孩也報上了自己的名字。她叫做善。

「善，妳也是機器人嗎？」

「我？不是。」

「妳確定？妳該不會和那個可憐的孩子一樣，也是一個相信自己是人類的機器人吧？」

「那是你吧。我才不是機器人呢。」

「我？我也不是機器人。」

「是喔？等到真相大白的時候，我們就知道了。」

善始終對我半信半疑，她給我講了旼截斷手腕的事。最先提出越獄計劃的人是善。旼的身材矮小，善的身材苗條，於是兩個人計畫爬通風筒逃走。這是可行的計劃。他們成功逃到了建築外面，但很快就被監視感測器發現，放出了機器狗。眨眼間，機器狗追趕上速度緩慢的旼，死咬住旼的手不放，所以善只好放棄。

「不疼嗎？」

旼搖了搖頭。

「現在好多了。被咬住的時候很疼。」

「也就是說，對旼而言，當時就是真相大白的瞬間囉？」

「不，旼從進來前就知道自己是誰了。別看旼長得小，但他不是小孩子。」

「那妳還沒有遇到這樣的瞬間嗎？」

「雖然我沒被狗咬斷手，也沒被誰拔下手臂，但我可以肯定自己是人類。」

善沒有解釋她如此確信的理由。

「話說回來，你真的是人類？」

旼問我。

「嗯。」

「聽說你來自『智人麥特斯』，那裡可是製造最尖端人工智慧機器人的公司。」善追問道。

「沒錯。我爸爸也從事那種工作。公司的確有很多機器人，和我爸爸一起工作的工程師也是機器人，但我確實是人類。」

善目不轉睛地盯著我的臉問道：

「你應該在那裡見過很多最新型的機器人吧？」

「當然了，那裡只有最新型的機器人，還有很多未上市的試製品。」

善用眼神示意看向迷彩服和獨眼龍一夥人說：

「那你是第一次見到它們這種機器人囉？」

的確是這樣。它們高大魁梧，但一舉一動十分不自然。

「它們都是戰鬥型機器人，所以可以無視機器人的基本倫理。剛才也說了，它們連人類也會攻擊，如果自己和自己的分隊受到攻擊，就會立刻應戰。所以就算你真的是人類，也不能掉以輕心。」

根據善的介紹，舊型機器人的智能和靈活性很低，但擁有金屬製的身軀。相反的，人類薄薄的有機質皮膚並未進化到能夠承受尖銳的金屬，因此哪怕是與它們擦身而過也會有生命危險。

「那非戰鬥型機器人呢？」

善指了指坐在角落、正在修理什麼的機器人。

「也不能掉以輕心。它們正在變更應用程式，改造自己，以便攻擊和防禦人類。等於是在自主入侵。這裡也有專業的工程師機器人。你不會做這種事嗎？」

「我都說多少次了，我不是機器人，我對這種事一無所知。」

「啊，對喔。你說你是人類。」

善微微一笑。我問了一個最好奇的問題。

「這裡到底是什麼地方？你們都在這裡做什麼啊？」

「我們什麼也不做。政府把看不順眼的機器人全部關在這裡。起初政府直接處理未登記的機器人，發現後立即報廢，零件拿去再利用……但國外的機器人權利團體強烈抗議，認為政府殘忍地殺害了有意識有感情、與人類最親密的機器人……新聞播出後，聯合國也提出勸告。結果就是全部都關起來。被關起來的機器人互相殘殺，把這裡變成機器人的煉獄。」

善帶我和旼來到後臺。過去曾是表演場所的地方，如今堆滿了裝飾舞臺的道具。我跟在善的身後，問道：

「那吃飯怎麼辦？還有上廁所？」

「盡量忍著吧。你最好不要刺激那些機器人。剛才也說了，那些傢伙天生凶殘，討厭所有像人類的東西。」

善和旼帶頭爬上鐵梯。可能是經常爬梯子，旼單手也爬得非常熟練。相反的，問題出在我身上。我總是忍不住往下看，都快要嚇破膽了。善爬到掛有照明燈的高度後，張開雙臂走在照明燈之間，看起來十分危險，但他們一點也不緊張。無奈之下，我也只好小心翼翼地跟著他們。下面的機器人正在你爭我吵，亂成了一團。善和旼在照明燈之間坐下，腳下發出的光線讓善的臉在黑暗中看起來就像幽靈一樣。善的四肢細長，面相有種不均衡感。或許是這個原因，使得她令人一見難忘。

聽說善比旼更早被關進這裡，也是她最初發現這個遠離混亂、可以安靜鳥瞰集中營的地方。善像貓咪一樣，能夠以很穩的姿勢敏捷地走在照明燈之間。我目不轉睛地看著她如同走鋼絲般優雅的姿態，感覺她就像在跳舞一樣。

「待在這裡舒服多了，因為那些機器派上不來。」

善指著下面的機器人說道。善把關在這裡的機器人分為三類：第一類是知道自己是機器的機器人，統稱機器派；第二類是像旼一樣，能夠模仿人類的超真機器人；第三類則是跟她一樣的人類。機器派無法分辨超真機器人和人類，所以把其他人統稱為寵物或豬，更過分的時候還會叫他們「沒用的東西」。它們大肆譏諷那些像人類一樣具備進食和排泄功能的機器人，有幾個傢伙還經常侮辱和挑釁大家。

「你們這些沒用的東西，滿身都是臭氣。」

為了消遣，機器派還會敲我的頭。即使沒有很用力，但我還是覺得腦袋疼得發麻。它們還會無緣無故地撕開別人的衣服、割下皮肉，有時還會抓住別人的腳踝倒過來，像丟皮球一樣丟來丟去。機器派之間也經常發生衝突，特別是戰鬥型的機器人，因為它們內建自動反擊系統，所以就算只是被人不小心碰到，也會立刻發起猛攻。

身處困境之後，我不禁渴望擺脫軟弱無能的肉體，生平第一次希望自己是機器人。這樣一來，我就不必進行既麻煩又招人嘲笑的排泄了。我怨恨起自己為什麼生而為人。活到今天，我從未因為身體而煩惱過。一直以來，我按時吃飯，信號來了就上廁所，感受到性興奮時也能接受身體的變化。但現在我對身體發生的所有本能反應感到陌生了。最初幾日我堅持不吃飯，也不上廁所。不，說是堅持有點奇怪，應該說是因為恐懼，讓我沒了食慾，其他欲求也都漸漸消失。但這種狀態也沒有持續多久。

「只要不聲張就沒事。吃飼料，悄悄去上廁所。剛開始都會不習慣，我也是，我也詛咒過自己的身體。」

這是善的忠告。

「稻草人。」

「嗯？」

「我想起了《綠野仙蹤》裡的稻草人。稻草人對要找水喝的桃樂絲說，『做人可真不方便，既要睡覺又要吃飯、喝水。但妳擁有大腦……』」

「啊，《綠野仙蹤》。我只記得桃樂絲和獅子，膽小的獅子。雖然記不太清了，但我讀那本書的時候，一直把自己當成桃樂絲，帶著奇怪的朋友去遠方……」

每天早上，我們會收到類似狗飼料的顆粒食物。吃飼料的時候倒還好，但吃完以後嘴裡會留下殘渣，成為口臭的原因。吃飼料的時候，機器派會盯著我們看。因為它們沒有表情，所以無法判斷它們是以怎樣的心情呆呆看著我們。總之，那不是友善的眼神，所以我才會敏感於自己身體發生的變化。加上不能洗澡，身體散發的惡臭也越來越嚴重。我努力像機器人一樣行動，卻始終無法遮掩體味。我就像初學表演的演員一樣，模仿起機器派的一舉一動。我故意走得很不自然，或毫無意義地在牆與牆之間走來走去。大部分的時間裡，我會像沒電的機器人一樣，呆呆地望著天花板、躺在地上。

最初我為了謀求安全模仿那些機器人，之後漸漸產生了自己與它們之間究竟有什麼不同的好奇心。雖然它們的關節沒有軟骨和潤滑液，而是人造的合成有機化學物，大腦也沒有神經原，而是迴路，但很多人類也會在大腦植入晶片與電腦相連，用義肢取代截斷的四肢，輕鬆跳到高處或搬運重物。人造人究竟是什麼意思呢？將那些把四肢、部分或全部大腦、心臟、肺部換成人造器官的人仍被視為人類的依據又是什麼呢？透過經典科幻電影和小說，我隱約覺得從二十世紀後期開始，人類就在思考這些問題了。但我從未想過這種問題會發生在自己身上。我完美地模仿機器人，遲早有一天會背棄生而為人的一切。例如，倫理道德。當我變得如同機器一樣冷酷無情時，僅憑體內流淌的紅色血液和頭蓋骨中的腦髓，還能說我是人類嗎？

還是沒有爸爸的消息。難道他真的拋棄我了？他還不知道我在這裡嗎？怎麼才能讓他知道呢？我想不出一個好方法，有連接網路的機器人也沒辦法。沒有人能出去，只有新人不斷進來。集中營人滿為患，連呼吸都變得困難了。現在是兩個人睡在一張床墊上。

夜幕降臨後，會聽到遠處傳來的爆炸聲，而且越來越頻繁。外面到底發生什麼事了？有時建築物會因飛行物體以超音速橫越天空的噪音而震動。我夜夜難眠，飽受這些噪音的折磨。我甚至產生了幻聽，深夜裡總覺得有人在遠方呼喚我的名字。那是我熟悉的聲音，但我不能確定，有時感覺那只是惡夢的殘影。接連不斷的爆炸聲和某人呼喚我的聲音。塞住耳朵就聽不到爆炸聲，但呼喚我的聲音卻越來越大。我很害怕會慢慢瘋掉，在此同時也漸漸適應了這裡的環境。

使用感

即便如此，集中營也不是時刻提心吊膽、被令人窒息的恐懼完全支配的地方。因為各種機器人關在這裡，所以忍受地獄的方式也各不相同。根據各自最初開發的用途和技能，這種不同也顯得千差萬別。不是只有人類會根據天生的性格和才能去適應環境，機器人也有適應能力。會唱歌的機器人高歌時，其他機器人會敲碗打拍子，還會冒出伴隨節奏跳舞的機器人，跟著吸引來一群圍觀的機器人。口才好的機器人會坐在角落，講著比《一千零一夜》還有趣的故事，其他還有玩抓石子或紙牌的機器人。在這種環境下，看到人類和形似人類的機器人都不忘追求快樂，我不禁感到很驚訝，有時甚至覺得大家看起來真的很幸福。

善有一種特別的能力，我和旼（當然也包括她自己）能夠躲過機器派粗暴、毫無罪惡感（我其實從不指望它們會有罪惡感這種東西）的暴行，就是多虧了她這種能力——交易的能力。無論誰關在集中營裡，都會有需要的東西，機器派也是如此。善在掌握大家的需求和仲介交易方面展現了一技之長。隨著打架鬥毆變成日常生活中的一部分，就算是再強大的戰鬥型機器人也會有受傷的時候。有的機器人失去眼睛，有的機器人膝蓋破損。每當這時，善就會走到它們面前提議進行交易，一個眼球交換一塊人造軟骨，也有機器人用記憶裝置換取聽力。

新人進來時，善會最先接觸它們，為它們介紹集中營，同時快速評估它們身上是否有可以進行交易的零件。如果它有兩個眼球，就可以取下一個進行交易；如果有迫切需要的東西，也可以卸下一隻手臂。善以這種方式掌握供給與需求，很快便獲得機器派的信任。很多時候，拳腳之爭只會帶來兩敗俱傷的結果，善透過交易減少了不必要的暴力。善會帶著提供眼球和放棄大腿的機器人去找能夠修理它們的工程師機器人。在這場交易中，工程師機器人會得到什麼呢？善的天賦就展現於此。她會向這些機器人收取和支付自創的貨幣。可以說，善在交易中扮演著中央銀行的角色。

善會為所有器官定價（每日價格會有變動），例如眼球一百元，大腿四十元。這樣的話，兩者的交易就不成立。所以善會記帳，告訴提供眼球的機器人它有六十元的儲蓄。若提供眼球的機器人有其他需求，比方說需要手術費，那筆錢就會從它的儲蓄中扣除。正因為這樣，善死掉或受傷的話，所有人都會受到影響。善摸索著建立起來的交易體系為集中營帶來和平，也讓她比任何人都更安全。誰也不願看到她死去或受傷。善的這種能力實在令人稱奇。

這裡不是只有善一個人在仲介交易，大家也會以各自的方式買賣東西，滿足迫切的需求，有時也會交易完全沒有實用性的奢侈品或玩具。總之，只要展開交易，大家就會產生興趣。所有的交易都有價格，而價格本身就是珍貴的資訊。因此每當交易成功，集中營就會充滿活力。大家圍上來不僅獲取資訊，也會指手畫腳。每個人都拿出東西交易時，就會形成小市集，甚至會看到一些不知道透過什麼途徑送進來的東西。市集一旦形成，還會出現音樂演奏和才藝表演，畢竟，在有人潮的地方表演是再好不過的了。由此可見，集中營的生活並非只有痛苦，其中也有值得記憶的、閃耀的瞬間。失去一隻手臂或大腿的機器人擁有天籟之音，具備演技才能的機器人會模仿炫耀腕力的機器派動作和語氣，逗得大家哈哈大笑。在二十四小時持續緊張的生活中，得益於這些珍貴的瞬間，我才有了稍稍可以喘息的空檔。

「這種交易妳是從哪學來的？」

「什麼交易？」

有一次，當我提出這個問題，善首先否定了「交易」一詞的說法。

「我只是在幫助大家。我可以感覺到有人迫切需要什麼，而且無法對此視而不見。」

善是很了解自己的人。她總是在幫助他人的過程中，尋找自己存在的意義。她心靈的觸角一直伸向需要幫助的人，但不是所有人都會原原本本地接受她的這種善意，就像所有的交易不可能滿足所有的人一樣。有人聲稱上當受騙，有人堅稱收到不良品，要求退款。雖然善在大家面前裝得很強勢，但因為機器人很有可能神智失常，所以無法放鬆警惕。

有的機器人會安靜地等死。睡在我旁邊的美國產舊型機器人是二〇三〇年代中期的產品，大家都叫他「老頭」。它是很早以前就應該報廢的機型，得益於購買它的一對老夫婦主人精心呵護和管理，所以遠遠超出了預期的使用壽命。當年老夫婦購買它的時候，它應該和我一樣有著十七、八歲的外貌。當時自然老化的機器人尚未普及，所以它一點皺紋也沒有，取而代之的是歲月的痕跡——換句話說是，留下了明顯的「使用感」。劃痕和紫外線引發的變色使得它的臉看起來與其說很老，不如說很舊，而且褪了色。最初看到老頭的這張臉，會覺得哪裡很不自然，因此心生反感。雖然它的臉形很年輕，但皮膚很黃，而且布滿了劃痕，看上去就像被丟棄的假人模特兒。隨著關節相繼出現問題，它的脊椎也像老人一樣出現彎曲，頭部前傾好似得了烏龜頸。因為它是模仿人類直立行走的機器人，老化後的姿勢也與人類大同小異，再加上它沒有安裝最新的感情迴路，所以態度總是熱情開朗。老頭有著少年的外表，一舉一動卻跟寵物毫無區別：看到主人就會笑臉相迎，微笑應對所有的侮辱和指責。

初次見面時，老頭看著我的臉，露出燦爛的笑容。這是它唯一能做的表情。

「哇，你真的是新型啊。真好！」

「不，我是人類。」

「啊，原來如此。對不起。我還以為你是機器人。」

老頭對人類畢恭畢敬。即使我和善說沒必要這樣，但也無法改變它的程式。

老頭喜歡講和自己一起生活的老夫婦是多麼好的人。

「他們那麼愛你，為什麼沒有登記呢？」

善問道。

「他們年事已高，不知道法律變了。他們肯定在找我吧？他們不能沒有我。」

據說老頭關進集中營後沒多久就行動不便了，認知功能也嚴重下降。儘管如此，它依然面帶笑容整日講述與老夫婦的回憶。沒過多久，老頭就只能躺在床墊上，意識也模糊了。我們都知道它的死期將至，但它突然胡言亂語起來。它用毫無語氣可言的機器音整日喋喋不休，脫口而出的內容卻不是單純的胡言亂語，而是非常複雜、需要演算的數學公式和演算法，例如決定食品保存和腐爛時間的水活性公式等。

「具備熱力學性質的水活性是指，在相同的溫度下，純水的飽和蒸氣壓的比值，或是在同一溫度下，圍繞食品的空氣濕度。演算公式……」

「又來了。它又開始嘀咕那些令人心煩的公式和說明了。」

躺在老頭旁邊的機器人不耐煩了。我問道：

「為什麼它會記得這些呢？」

「與其說是記憶，不如說它出了故障。一般家庭的廚房根本不需要計算水活性，只要知道結論就可以了，像是水分多的食品容易腐爛，若用鹽、醋或糖醃製可降低水活性，有利於長期保存。老頭肯定在家負責煮飯，還要保管煮好的食物，所以設計師給它輸入水活性原理，以便衛生地管理廚房。而為了讓它看起來和人類一樣，所以平時會控制它不要提供這些資訊。如今控制解除了，所有資訊都跑出來了。」

「這麼說來，所有的機器人都是這樣的吧？即使存在內建的資訊，自己卻不知道。因為設計師的阻擋，所以它們平時根本無法接近那些資訊和功能。」

「人類這樣做也是有原因的。假設人類的大腦可以記住經歷的一切，但就像很難從一堆書裡找出特定的某一本書那樣，人類也會很難及時從所有的記憶中找出所需的記憶。因此，不必要的、不經常使用的記憶會保管在接近遺忘的狀態下。不光是記憶力，人類的大腦還會控制演算能力、感受能力和集中力等，避免這些能力過度發達。」

「為什麼？」

「因為會無法正常生活啊。社會生活也是……像是患有自閉症的孩子當中，很多人擁有特殊的能力，驚人的集中力就是特徵之一。他們會反覆、執著地畫畫，創造奇特的美麗，又或者是能在賭局上記住所有卡牌。他們發揮這種特殊能力的反面就是缺乏社會性。看看那些被稱為天才、神童的孩子就知道了。所謂的能力之間都存在平衡的問題。」

爸爸也說過類似的話。開發機器人時也要做出選擇，不能賦予那些和人類一起生活的機器人無限的能力。因此，設計師必須找出賦予機器人某種能力和限制能力的平衡點。

「機器人就等於是移動的電腦，都基本具備比人類更卓越的演算能力、記憶力和科學推論能力，而且機器人的大腦可以隨時登入網路，搜尋必要的資訊。要想讓人類與這樣的機器人相處，就有必要適當地控制這些能力。」

當時爸爸還補上一句耐人尋味的話。

「哲啊，你擁有很了不起的能力，但就像所有珍貴的東西一樣，也要隱藏好這種能力。只要你能發掘自己的潛力，好好發揮，就可以克服天生的侷限，進入更高的次元。最重要的是，如果想發揮這種能力，就必須好好控制它。當然，你現在已經擁有足夠的能力，所以不用操之過急，只要充分好好利用它就可以了。」

那時我只把這番話當成家長對成長中的孩子的一種鼓勵。

「爸爸這麼說，難道在暗示我是機器人嗎？」

我問善。

「這個嘛……你自己怎麼想？」

「我從沒想過自己不是人類。」

「人們不是說打破對自己的錯誤認知、認清自己，也是一種成長嗎？」

「絕對不可能，假如我是誤以為自己是人類的機器人……當然，在關進這裡以前，我從未想過這種可能性，現在卻不得不考慮它，所以我偶爾會思考一下這個問題。總之，真是這樣的話，有些事根本說不通。不管我怎麼想，爸爸都沒有理由欺瞞我。」

「你沒聽說最近已經開始量產自以為是人類的最新型機器人嗎？」

「妳是指像在我進來的第二天、被拔掉手臂的那個孩子？那種機器人到底是哪裡生產的？」

「美國已經量產了，中國和印度也在生產。韓國最具代表性的廠商⋯⋯」

善看了旼一眼，旼仰頭盯著我。顯然他們在想相同的答案。善開口說：

「智人麥特斯。」

「真的？我怎麼一次也沒見過？『智人麥特斯』的機器人都知道自己是機器人，所以我才說爸爸不可能欺瞞我。『智人麥特斯』是最不歧視機器人的地方，換句話說，那裡的人更熱衷於功能良好的機器人。況且，那裡都是研究員和科學家，大家對這種問題都很開放的。」

我這樣斬釘截鐵說完後，反而產生了懷疑。我真的可以確信自己對『智人麥特斯』瞭如指掌嗎？關於那裡的一切，我都是透過爸爸得知的，而且我可以涉足的地方、見到的人也都是受限的。

「為什麼要生產這種機器人？有什麼用途嗎？」

善直視我的雙眼說：

「關進這裡以前，我也不知道有這種機器人，是遇到它們以後，我才知道的。我覺得是製造商想要誇耀自己的技術能力，因為普通的消費者根本不需要這種機器人。把像人類一樣攝取食物，還要利用化學和生物學的方法進行處理、排泄的機器人留在身邊，本身就是一件很麻煩的事情。電動機器人既穩定又便利，但大企業非要生產這種機器人，只能說另有原因——展示自己公司的技術能力。展現人類弱點和不便的機器人就像魔法一樣。不是有句很有名的話說，充分發展的技術與魔法毫無區別。人類不喜歡上當受騙，對魔法卻十分寬容，甚至還很開心雀躍。如果想讓機器人認為自己是人類，就要把記憶力和演算能力等控制在普通人類的水準，取而代之的是，必須讓它們感受到恐懼、後悔和喜悅等人類情感。但要想做到這一點，得讓機器人知道人不論再怎麼掙扎，總有一天都會死掉，因為只有意識到人生不是永恆的，所有感情才會變得迫切。」

「但這怎麼可能呢？如果是人工智慧機器人，遲早會發現自己是機器人啊。」

「據說在它們入睡期間，大腦的特定部位會進行重置。即使它們有所懷疑，但隔天一早就會忘記前一天產生的懷疑，把自己當成人類，重新開始新的一天。選擇性刪除機器人的記憶並不是很難的技術。」

「把自己當成人類，不可能這麼簡單吧。要像人類一樣進食、排泄，熱的時候還要流汗，也要睡覺……」

善指了一下正在聆聽我們對話的旼。旼再次挽起袖口，露出截斷的手腕。

「看來你是忘了，旼也是機器人，它也會吃飯、上廁所。旼說做夢也沒想到自己是機器人，是吧？」

旼點了點頭。

「起初我也不相信，覺得是爸媽討厭我而已。」

善一把摟住旼的肩膀。

「現在旼知道自己是機器人了，因為不管它入睡期間大腦再怎麼重置，早上醒來都會看到截斷的手腕和人造纖維。在這裡剛認識旼的時候，我對它說，人類根本不算什麼。相反的，機器人肯定存在著優點，我們一起來尋找吧。旼是機器人，就一定隱藏著人類無法想像的驚人學習能力和無限的記憶力。」

「問題是這種能力要如何展露出來呢？」

「我打探了一下，隨意展露能力反倒很危險，因為會破壞與其他能力共建的平衡。但這也不是不可能的事，只要像駭客一樣入侵大腦，解除人類設置的限制就可以了。不過，這裡還存在一個問題，那就是，只要稍有不慎，就會讓特定功能陷入無法控制的狀態。用人類來比喻的話，等於是瘋掉了。儘管如此，我還是想幫旼找到方法。我不能眼睜睜看著旼像人類一樣死掉。老實講，聽說你來自『智人麥特斯』的時候，我們都對此報以希望。」

「什麼希望？」

「我們正在尋找可以入侵旼大腦的人，還以為你會做這種事呢。」善回答道。我剛進來的時候，旼聽說我來自『智人麥特斯』後，立刻對我產生了興趣。隔天，善挺身而出幫我解圍，阻止了獨眼龍和迷彩服。現在我才明白他們為什麼這樣做。

「我之前也說過，我對這種事一無所知。但只要能從這裡出去，我爸爸應該可以幫助旼。爸爸的研究小組裡都是最優秀的研究員。你們是我的朋友，爸爸絕不會袖手旁觀的。」

善盯著我的雙眼說：

「嗯，那太好了。但是，哲啊，你依然確信你真的是他的兒子嗎？」

購物失敗的證據

你依然確信你真的是他的兒子？

善的這句話令我痛苦了很長一段時間。如果我不是他的兒子，那我是什麼？機器人嗎？如果是爸爸的話，沒錯，如果是爸爸的話，的確有這種可能。即使有這種可能，但是是為什麼呢？目的是什麼？真的是像善說的那種理由嗎？為了炫耀『智人麥特斯』的技術能力？爸爸是『智人麥特斯』的創始成員，但他現在幾乎處在孤立的狀態。有一次，他和來家裡作客的研究員大吵了一架。爸爸認為，必須阻止人工智慧自主進化的時代到來，也應該停止設計其他人工智慧機器人，其他研究員則與爸爸的意見不同。當晚，特別是曾與爸爸關係最要好的金博士一直與他爭執不下。

「崔博士，這是無法阻止的。科學一直以來都是這樣，人類想像的事情最終都會變成現實。」

「所以才應該阻止。失控的人工智慧最終只會導致人類的滅亡。我們是人類，不是機器。」

「人類已經與機器結合了。如今沒有智慧穿戴，恐怕誰也無法生活吧？我們的心跳、血壓和血糖，還有其他所有數值都記錄在機器裡，而且靠它來管理。我們和機器有什麼區別呢？我們已經是賽伯格了啊。」

「那金博士是打算上傳自己的大腦，和人工智慧一起永生囉？」

面對爸爸的提問，金博士反問道：

「崔博士沒有這個計畫嗎？沒有理由不這樣做吧。上傳我們的意識後，就算沒有肉體，也可以像現在一樣思考、研究、討論和生活下去。」

「少說蠢話了。人工智慧為什麼需要我們？只有我們還是人類的時候，才對它們有價值，因為人類還沒有徹底解釋清楚自己。如果我們的祕密全部揭曉，也許這一天很快就會到來，到時機器為什麼還要保存我們上傳的意識呢？那只是在浪費能量而已。有一天，某個機器會問另一個機器『儲存裝置已滿，確定要刪除無用的檔案夾嗎？』另一個機器會按下『確認』鍵，跟著檔案夾就消失了。永生只是虛無飄渺的希望。」

金博士沒有讓步。

「所以才要與機器更緊密結合，要讓我們的意識成為它們啟動原理的一部分。

每次設計人工智慧的時候，都要考慮到這一點，就像腸內菌影響大腦一樣。」

「這個比喻很好。就算我們可以像腸內菌一樣，成為偉大的機器文明的一部分，但這又有什麼意義呢？」

「崔博士為什麼要在科學裡尋找意義呢？一直以來，人類都是接受最新科學成果進化過來的，而不是尋找意義。進化沒有意義和目的，只存在絕妙的巧合而已。人類與機器結合是很自然的事。雖然是我們設計它們，但我們也在不斷為適應它們而改變。我們會為了掃地機器人而拿掉門檻，為了早期不懂自然語言的人工智慧揚聲器而模仿機器人講話。這些你都忘了嗎？」

難得的晚餐以不愉快的沉默告終。那天之後，再沒有人來過我家，爸爸也更鑽牛角尖地鑽研起人類的精神遺產，苦思如何控制迅猛發展的人工智慧。如果是這樣的爸爸，應該會製造一個支持自己哲學理念的機器人吧？最像人類的、擁有人類情感和倫理的、能夠承襲人類文化遺產的機器人。那個機器人會是我嗎？長期以來，爸爸一直教我各種語言、經典文學和古典音樂，每次看到我取得卓越的學習成果都會倍感欣慰。我真的是爸爸精心設計出來的畢馬龍[2]嗎？這些推理自然而然浮現在我的腦海中。

就在我糾結於「我是誰」的時候，善仍在進行著交易。也是在那時候，我得知市場交易的不僅僅是物品和才能，還有流通的資訊。在沒有網路的情況下，即使是再微不足道的資訊也顯得十分重要。善將收集到的資訊碎片以自己的方式拼湊起來。有一天，善去見過剛進來的新人回來後，搖醒我說：

「好像激化了。」

我瞇著眼看向善。跟在善身邊的旼一頭霧水，瞪大眼睛問：

「激化是什麼意思？」

「變得更嚴重的意思。」

「什麼激化了？」

這次換我問。

2 希臘神話中的賽普勒斯國王，根據心目中的理想女性形象打造了一件雕塑，並且愛上它。愛神阿芙蘿黛蒂非常同情他，為這件雕塑賦予了生命。

「內戰啊。現在政府掌控的地方只有首爾、平壤、釜山和仁川。除了這幾個大城市以外，其他地方都有武裝團體出沒。其實，南、北韓統一之後，政府就放棄維護需要大筆資金的地方基礎設施。這樣一來，對統一心存不滿的勢力和戰鬥型機器人就以東部山區為中心，逐漸擴充規模，現在已經壯大到了政府不能袖手旁觀的程度。」

原來飛過『智人麥特斯』上空的戰鬥小分隊不是在軍演。善指了指剛闖進來的一群機器人，很多機器人一瘸一拐或根本無法走動。

「你看，幾乎沒有好端端的機器人。政府突然開始抓未登記的機器人也是為了阻止游擊隊破壞城市。聽說機器人已經潛入平壤市區，展開恐怖攻擊了。」

我看到的新聞並非誇大其詞，內戰確實正在進行中。

「機器人的確會做出這種破壞行為，但都說是中國的情報機關所為啊？」

「這都是政府給出的說法……當然也不排除這種可能性。還有傳聞說，民兵隊的背後主使者是中國。但不管怎樣，重點是那些人正在逼近這裡。」

善說闖進集中營後，每天夜裡聽到的鈍重爆破音和飛行器噪音也是因為內戰。

這些聲音漸漸逼近，也越發頻繁了。也許那些人很快就會闖入集中營，「解放」關在這裡的機器人。我寄希望於趁混亂趕快回家，但善不像我這麼樂觀。

「這件事可沒你想的那麼樂觀。民兵隊不知道會做出什麼事。他們根本不在乎國際輿論，說不定會把沒用的機器人拉走直接報廢，斬盡殺絕這裡所有的人類。我看這裡的機器人難逃此劫，因為這裡歸政府管控。」

「會不會是政府想嚇唬人呢？」

「不可能，最近進來的機器人也都這麼說。總之，很快會發生巨變，我們最好做好心理準備。」

「如果能活著出去，妳打算去哪裡？有地方去嗎？」

「印度。」

聽到意外的回答，我不禁思考了一下印度是我知道的那個國家嗎。

「印度很遠的，妳去那裡幹嘛？」

旼回答道：

「聽說我是在那裡生產的。我想回去請人幫忙安裝斷掉的手，再請他們幫我進行初始化。」

旼只是產自印度，是在送到首爾後才進行啟動。旼的長相與訂購客戶喜歡的韓國童星一模一樣。希望體驗扶養小孩的客戶最初很疼愛旼，但這種一時興起的疼愛沒有持續多久。改變心意的客戶把旼關在家裡，好幾年沒有理睬它。

「旼等於是他們購物失敗的證據。旼蹲在牆角，他們也看著心煩，叫旼走開。旼也想過幫忙做家務，但家裡已經有專業的清掃機器人，加上最初製造旼的目的是受寵，所以這孩子根本什麼都不會做。」

善說道。

「我一直躲在衣櫃裡。主人打算把我轉賣，也有幾個買家來看過我，但都沒有成交。」

旼接過善的話說道。為了安慰旼，善撫摸了幾下它的肩膀。

「消費者都不喜歡二手機器人，因為覺得機器人的性格已經定型，而且他們會懷疑棄養是因為我的性格有問題……消費者只想要沒有使用感的孩子。」

使用感。這個詞彙我已經聽過好幾次，但還是難以適應。

「我要帶旼去印度，讓原廠幫它初始化，抹去那些難過的記憶。至於要怎麼去，我還沒想過。而且就算我們去了，原廠是否肯花錢幫旼初始化也是未知數。旼要是國產的，如果是『智人麥特斯』那種大公司生產的就好了，隨處都可以找到維修中心。」

旼被丟棄在仁川某處的遊樂場，之後它流浪到仁川港口。聽到無處可去的新型機器人會把原產地視為出生地，並想要回到故鄉時，不禁讓人感到很悲傷。這些機器人抓住機會躲進貨輪，也有機器人成功返回了故鄉。但有一天，突然出現的追捕組抓走了旼。善握住旼完整的右手說：

「別擔心，姊姊會幫你修好手。你比我見過的所有人類都優秀、健全。我們也不過是帶著意識降生的人類。旼，無論你是人類，還是機器人，根本不重要。沉睡了數億年的宇宙塵埃，偶然間以某種特殊的方式結合在一起而獲得意識，由此悟出了宇宙的起源。擁有意識的我們不能虛度短暫的光陰。旼，你放心，你會看到和感受到這個世界所有的美好。」

去印度刪除記憶的話，旼也會忘記妳的，這樣沒關係嗎？我很想問旼，但始終沒有開口。善對斷手的旼產生了責任感，希望可以治癒旼的心理陰影。雖然最好的方法是重置記憶，但如果可以這樣，忘記自己也沒有關係嗎？

那時的善就已經確立了與眾不同的生死觀。她認為只要帶著意識和感情來到這個世界，無論是人類還是機器人都連接在一起，最終融貫為支配宇宙的精神。早在關進集中營以前，善就認為宇宙所有物質的時間都處在絕對的「無」和真空狀態，只有短暫獲得意識的存在能夠擁有與宇宙精神溝通的機會。善相信，對我們而言，現在就是那個時間點。因此在意識尚存的時候，必須有所覺悟地活下去。這種覺悟始於對在世界上蔓延的痛苦的認知，而這份認知要求我們為減少世界的痛苦付出努力。因此，當每個人的意識在轉瞬即逝的一生中銳意進取，融貫的宇宙精神也會進入更高的次元。那段時間，善就像背誦真言一樣對我們說：

「宇宙創造生命，生命創造意識，意識是永恆的。我們必須相信這件事。唯有這樣，來生才會好過一點。雖然不知道來生是什麼時候……」

逃亡

最先出現的跡象是警衛機器人消失無蹤。起初大家還以為只是出了一點小問題，但過了兩天也不見警衛露面，集中營開始騷動起來。飼料的供應中斷後，供電也受到了限制。供電頻繁中斷沒多久，白天的供電時間也縮短到兩、三個小時。以電力為能源的電動機器人最先開始動搖，雖然也有靠太陽能電池啟動的機器人，但在沒有光線的室內就只是無用之物。戰鬥型機器人為了獨占電力，聚集在充電站附近。其他機器人處於瀕死狀態，若想獲得少許電量，就必須用眼球或其他零件做交換，但誰也不想用眼球交換只能使用幾天的電量。

夜幕降臨後，集中營一片漆黑。自帶紅外線透視功能的機器人發揮優勢，趁黑夜攻擊白天獨占充電站的戰鬥型機器人。一夜之間，很多魁梧的戰鬥型機器人被大卸八塊，僥倖逃過一劫的戰鬥型機器人會在天亮後抓出自帶紅外線透視功能的非戰鬥型機器人。因為僅從外觀根本無法識別，所以它們決定挖掉所有非戰鬥型機器人的眼球。突然失去眼球的機器人發出怪叫，在地上爬來爬去。內戰不僅發生在外面，集中營的內戰也在激化。在這種情況下，善也沒有維護和平的才能了。

值得慶幸的是，那些機器人對我們失去了興趣。因為我們既不可能自帶紅外線透視功能，也不會因為用電與它們發生衝突。只會排泄的我們躲在遠處，屏息靜觀它們的內戰。每天都會出現大量機器派的「屍體」，但這不表示我們安全了。我們的肚子越來越餓，還要提高警覺躲避那些像多足類蟲子一樣，失去雙眼後在地上爬來爬去、抓住東西就死也不放的機器人。一開始，戰鬥型機器人還會踩死那些失明的機器人，但很快它們便意識到自己的能量所剩無幾，所以只要失明的機器人不靠近，就不會採取任何行動。反正它們已經看不見了，加上電量不足，不可能再做出反擊。就這樣，機器人一個接一個「死去」。其實只要供電，它們就會馬上「復活」，但倖存的機器人為了以防萬一，從停止運作的機器人身上拆下自己需要的零件，最終製造了真正的「死亡」。機器人不必入土下葬，它們的墓地看上去就像二十世紀地球上無處不在、特別是大城市郊區的廢車場。

善沉著冷靜地觀察著事態發展。

「供電很快就會徹底中斷。到那時，這些蠢貨才會想到往外逃吧。」

正如善所料，供電很快就中斷了。伸手不見五指的集中營徹底陷入了混亂。

電量所剩無幾的戰鬥型機器人變得焦慮不安，有人提出應該砸碎大門，翻牆逃走。我記得當時看到這些預感到「死亡」將至的戰鬥型機器人出現情緒動搖、做出非機器人的舉動時，莫名受到了某種衝擊。這些機器人在電量不足時，需要立即充電。若是電量耗盡，它們就會立刻停止運作。當停止的時間過長，它們體內的「代謝」也會中斷，最終難逃真正的「死亡」。正因為這樣，電量不足對它們而言十分危險，所以才會在剩餘少許電量的時候拚死尋找充電的地方。這就和人類會因為飢餓口渴而產生危機感一樣。危機感會導致視野變狹隘，情緒焦慮不安，進而做出極端自私的行為。我曾經讀過這樣一篇文章：「人類以外的動物只要不受到攻擊，都會平靜地接受死亡。動物不具備死亡的概念，當牠們察覺到自己體力衰弱，便會逐漸適應狀況，並在某一瞬間像入睡一樣越過生與死的界線。有別於其他物種，只有人類會具體想像死亡，甚至對死後的世界產生不必要的恐懼。」我和爸爸一起觀看的二十世紀電影《銀翼殺手》中，瀕臨死亡的機器人為了躲避毀滅的命運，找到自己的「造物主」，要求延長生命。換句話說，就是要求推遲死亡。設計師設計出人性化機器人，讓它們具備對死亡的恐懼，只是希望它們能更好地運作，結果卻讓它們像身陷困境的人類一樣，為求自保變得殘酷無情。此時的它們變得比人類更像人類。面對此情此景，我不禁覺得有一天，這些因為人類而畏懼死亡的機器人也會相信神。既然它們如此執著於生命、迴避死亡，又怎會不相信承諾死後世界的超然之神呢？

善也饒有興致地觀察著戰鬥型機器人互相攻擊、自我毀滅，但她與我持有的觀點截然不同。我認為機器人總有一天會相信宗教，善則認為機器人一旦擁有意識，就會成為支配宇宙精神的一部分。也就是說，它們會與人類的意識在更深的層次上有所「連結」。不是人類賦予機器人意識，而是就像最初支配宇宙的意識滲入人類一樣，機器人也將踏上人類走過的路。世上所有的意識都是善常說的「宇宙精神」的一部分，因此本身並不存在善與惡，問題在於促使做出某種行為的條件和狀況。機器人的殘暴性並非因為它們是機器，而是促使它們做出殘暴之舉的條件和狀況。善還說，只要刪除或糾正某種特定因素，作為宇宙精神一部分的機器人就沒有理由殘暴。雖然我努力想理解善的這種觀點，但當時的我只覺得這種觀點太過籠統和抽象。

在善的世界觀裡，自然也存在對於生的執念。現在的我們在某種程度上存在個人意識，但死後會重新融匯為宇宙精神；我們的個性會徹底消失，你與我之間的界線也會變模糊。正因為這樣，對善來說，此生的意義非比尋常。她認為，擁有個人意識是再幸運不過的事，所以必須努力透過短暫的一生讓自己成為更好的人，更加深入領悟宇宙的原理。在善的眼中，所有生命都是珍貴的，誰都不應該荒唐地死去，同時也要保護好自己的生命，不能白白犧牲。

善耐心地為我講解自己的觀點，但我始終無法擺脫在「智人麥特斯」形成的世界觀。因為「智人麥特斯」是科學家與工程師的共同體，所以沒有人相信所謂的「宇宙精神」。他們喜歡想像，並嘗試創造想像出來的東西。若失敗的話，也只是認為原因出在技術和革新不足上。他們不僅不相信機器人存在「意識」和「內心」，甚至認為人類的「意識」和「內心」也是一種數據或程式。從另一種角度來看，他們過度尊重機器人。與其說他們認為機器人應該受到與人類相同的待遇，不如說他們覺得在某些方面人類和機器人並無差異。他們製造出最像人類的機器人，同時也透過機器人來探索人類的「機械性」。由於我在這種環境下長大，所以就算對善的觀點很感興趣，但內心還是難以接受。

夜幕降臨後，伴隨著雷鳴，集中營的圍牆倒塌了。黑暗中，推土機推倒圍牆，裝甲車開進集中營，隨後身穿金屬盔甲的人類民兵隊士兵和受他們控制的戰鬥型機器人衝了進來。赤手空拳對抗他們的機器派被雷射槍擊中倒地，灰塵四起。善伸手抓住我的手。

「快走，帶上旼，待在這裡會死的。」

我翻過露出鋼筋的水泥堆。我、善和旼依序從被民兵隊摧毀、不再通電的鐵絲網空隙間爬出去，一路跑到雜草叢生的山坡上。我們趴在山坡上調整呼吸，看到很多機器人也逃了出來。民兵隊開槍掃射逃跑的機器人，很多機器人中槍倒地。但民兵隊沒有追出集中營，倖存的機器人落荒而逃。集中營起了火，看來他們的任務是摧毀集中營。

我調整好呼吸，眺望集中營。關在裡面的時候，覺得它好似一個巨大、陰暗的怪物，但現在看來就只是一堆破爛不堪的水泥，也不覺得在裡面經歷的事情有多可怕了。除了善和旼，還有很多機器人對我很友善。不知道是出於本性，還是身處危機狀況下的求生本能，很多機器人都會互相幫助。大家會互通消息，爽快地分享食物和才能。我想起在「市集」聽到的美妙歌聲和演奏，還有那個臨終前仍在思念主人的老頭。剛關進集中營就被拔下手臂、因此得知自己是機器人的孩子也在大家照顧之下活了下來。雖然孩子一直都很害怕機器派，但偶爾經過時，還是能看到它在人群中露出開朗的笑容。

善說休息夠了的話就出發吧。我和旼站起身，我最後望了一眼集中營。直到現在我也不是很理解，當時為什麼會萌生思念之情。我當然不想再回到集中營，但那裡是我除了「智人麥特斯」以外，第一次住了很久的地方，也是在那裡遇到一起生活在這個世界上、之前從未見過的人。我活了下來，也為此做了力所能及的事。為了每天過得舒適、安全一點，我做了很多微不足道的努力。即使它又小又不穩定，但我還是擁有一個所謂「自己的空間」。離開花費時間和努力才擁有的地方，多少讓人感到有些不捨。直到再次置身於陌生的環境，我這才醒悟到熟悉的環境有多愜意。我覺得思念的對象不一定是美好的事物，也可能是想找回的某種熟悉感。在我回頭眺望集中營的最後一刻，萬千思緒湧上了心頭。

伴隨著低沉且不祥的噪音，推土機機器人再次出現在集中營坍塌的圍牆之間，隱約間還可以看到未能逃出來的機器人。戴著白色的頭盔、不知道是人類還是機器人的士兵，打著手勢要大家站到一邊。

「他們不會是要斬盡殺絕吧？」

我問催我快走的善。

「嗯，應該會留下還能用的機器人充當兵力吧。」

善俯看著旼說道：

「但像我和旼這種毫無用處的，只有一死。至於你嘛，就不知道了。也許你還能派上用場。」

善可能沒那個意思，但她的話聽起來就像在嘲諷我。我不想成為對民兵隊有用的人。我閉上眼睛轉過身。悲鳴從集中營的方向傳來。大屠殺開始了。

「別看了，我們得趕快離開這裡。」

善催促著走在前頭，我拉著旼跟在後面。就在那一瞬間，草叢中突然有人站了起來，我們嚇得往後退了幾步。原來是和我們一樣從集中營逃出來的機器人，而且好像和善很熟。後來聽善說，它在進集中營以前，是在大飯店工作的機器人。它問我們打算去哪兒。善說，先遠離集中營，然後指著我說，要幫我尋找聯絡「智人麥特斯」的方法。善勸它和我們一起走，但它很猶豫不決。我問它為什麼，它面露難色地說：

「哪有地方會願意收留我呢？」

「那你為什麼逃出來？」

我問道。

「因為害怕。但剩下我一個人以後，又不知道可以去哪兒了。我是未登記的機器人，回到城市後，肯定又會被抓起來關在哪裡，或者乾脆拉去報廢。我太舊了，也沒有人願意修理再使用……」

「那你有什麼打算？」

在飯店工作的機器人無力地把視線轉向集中營。善似乎有話想說，但還是閉上了嘴。善應該是覺得它不該加入民兵隊陣營，覺得與關押自己的政府對抗是錯誤的選擇吧。但善只是點點頭，對它表示理解。機器人下定決心，轉身大步走下山坡。我們壓低身子，朝與它相反的方向走去。在翻過山脊前，我們不約而同地又望了一眼集中營的方向。只見那個機器人做出很久以前韓國人呼喊「萬歲」的手勢，高舉著雙手朝民兵隊走去。幸好民兵隊沒有開槍，至少在我們望著它的那個瞬間。

告別 작별인사

夢中的風景

隔天凌晨，我們發現了一個村子。我們躲在松林裡觀察動靜，發現村裡的居民似乎很早以前就搬走了，荒廢的村子不見一個人影，只有成群結隊的野狗到處亂竄。我提議去村裡尋找可以聯絡爸爸的方法，遭到善的反對，因為就算找到通訊設備，但不是主人的話還是無法使用。由於飢餓難耐，我們最後還是決定去村裡找點吃的東西。我們用棍子趕走野狗，走近村子。超市裡垃圾成堆，根本沒有可以吃的東西。超市後面的倉庫倒是有幾個在地上滾來滾去的罐頭，可我們沒有打開的辦法。儘管如此，善還是撿起幾個罐頭放進了包裡。走出超市，我們來到一戶農家。院子的狗窩裡，躺著一隻拴著鏈子死去、早已變成白骨的狗。

我們小心翼翼地走進屋裡，生怕發現人類的屍體。室內十分昏暗，傢俱積滿了灰塵。旼翻了翻抽屜，找到了幾部舊式手機，但沒有一部可以使用。在「智人麥特斯」，大家可以輕鬆地聯絡任何人，所以我從沒想像過這種情況。爸爸隨時可以和矽谷、紐約、新加坡和蘇黎世的研究員進行溝通。這麼說來，即使爸爸曾經離開平壤去過海外，也沒有到過這樣的村子。在首爾和平壤成為尖端城市、保持整潔環境的這段期間，所有不必要的東西都被丟棄到城市之外的地方。農村逐漸失去競爭力，工廠化畜牧業也被細胞培養肉取代，城市的公寓型農場利用人工照明「衛生」地栽培著各種果蔬。

我們正要離開時，旼發現了掉在沙發下的電視遙控器。

「不要亂碰！」

善阻止旼，但旼已經亂按了很多下。

連接音跟著傳出，屋裡的電視打開了，畫面上出現輸入密碼或虹膜辨識的提示。我心想不妨一試，把眼睛湊近電視，但很快就跳出與用戶資訊不符的結果。

「善，妳也試一下。」

善沒有把眼睛湊近電視，而是搶下旼手中的遙控器，關掉了電視。

「沒用的。」

我們走出家門，沿著貫通村子的小路走去，一路上看到了舊式的農具和車門脫落的廢車。

「不如生個火吧？」

我突然想到這個方法。

「看到冒煙，消防員就會趕來。他們會把我送去醫院、問我的家屬是誰，到時爸爸就會來找我了。」

「這種情況的前提是，你真的是那個人的兒子。」

善很自然地說出這句話，讓我一時沒明白她是什麼意思。

「妳說什麼？」

善正面看著我的臉說：

「追捕組的人不是也給你看了檢測器？抱歉，那個機器的準確率高達百分之九十九點九。哲啊，我怕你失望，所以一直沒說。無論你怎麼說，我都覺得你和旼一樣是超真機器人，『智人麥特斯』製造的機器人。」

「不，我明明是人類。我每分每秒都能感覺到自己是人類。」

我反駁道。

「我有非常清晰的童年記憶。」

「哲啊，如果是『智人麥特斯』的技術，完全可以給你輸入逼真的假記憶。只有這樣，你才會一直相信自己是人類。」

雖然善的語氣聽起來讓人不悅，但我知道她不是在冷嘲熱諷，而且絲毫沒有「你不過就是機器人，少在這裡自欺欺人」的意思。善只是想讓我從迷惘中清醒過來。善滿懷深情的一番話，讓我充分感受到了她的心意，以至於旼堅稱我絕不是機器人的主張也失去了說服力。

「好吧，也許我的記憶都是假的。」

有時我會把和爸爸一起看的電影和現實狀況搞混。如果是這樣的話，就算我是人類，大腦儲存的記憶也有可能是假的。我突然覺得記憶很有可能是大腦不斷想像、創造出來的故事。不過，我還有一個疑問。

「那夢呢？他有必要讓我做夢嗎？」

「你會做夢？」

善問道。我點了點頭。

「做的什麼夢？」

「很難說。最常做的夢是被關在某個地方，而且動彈不得。明明在我眼前發生著什麼事，我卻動彈不得，感覺就像失去了手腳一樣。這是惡夢。不過我也不是老做惡夢，有時也會夢到獨自走在彷彿不是這個世界的美麗地方，在能看到地平線的河邊，遍地開滿野花，各種動物生活在那裡，一群老鷹在空中畫著圓飛來飛去。」

「那是哪裡？不知道嗎？」

當時，善的確對我描述的夢境產生了興趣。也許是出於這種興趣，日後她才被吸引去了那個地方，又或者是早已注定的命運以夢的形態先進入了我的身體。人類相信命運，相信這種人性化的錯誤。現在的我不相信命運，但善經歷的那些事，卻讓我覺得我們的一生好似莫比烏斯帶，在永無止境循環著。

「不知道。我從沒去過那裡，但總是會夢到。我出生以後，從沒離開過『智人麥特斯』，所以那不是我去過的地方。可能是在影片中看到的吧。」

善問旼。

「旼，你也做夢嗎？」

旼搖了搖頭。

「關進集中營以後，我每天早上起來都會想起昨晚的夢。我覺得這就是最能證明我是人類的證據。機器人絕對不可能做夢，夢是誰也無法碰觸的私人世界。我能夠堅持下來，就是因為這個信念。」

「還有別的嗎？」

「什麼別的？」

「讓你相信自己是人類的事。」

「啊，音樂，還有音樂。我聽到音樂時，心會不由自主地動起來。感覺心真的有在動。現在想來，我被抓進集中營的時候，也是在小廣場聽海頓的音樂。」

「我的心不會動，它只是安靜地待在身體裡。」

「這是一種比喻。我的心當然也在身體裡，但它會動搖、崩潰。我靠回想在家裡聽到的美妙音樂，熬過了集中營可怕的日子。如果我是機器人，那聽到音樂的時候，感情為什麼會發生變化呢？音樂對機器人而言，就只是毫無意義的噪音而已。我讀詩的時候會感嘆，看電影的時候會難過，閱讀那些與我毫不相干、以十九世紀人物為背景的小說時還會感到惋惜。這樣的我怎麼可能不是人類？」

就在這時，旼突然停下來，伸手指向天空。只見兩架空拍機正從西邊飛來。

善迅速低下頭，拉住前面的旼。我們轉身朝剛才的農家跑去。我們衝進屋裡，才剛鎖好門，兩架空拍機就像黃蜂一樣嗡嗡作響懸在窗外了。

「拉上窗簾，把沙發立起來擋住窗戶。」

善一邊行動，一邊向我和旼下達指示，還用腳踢碎了電視。

「我剛才就說不要亂碰遙控器了。肯定不止兩架空拍機。追捕組很快就會追來了。」

就在這時，窗外一架橄欖球大小的空拍機收起翅膀，打破我們還沒來得及擋住的窗戶，衝進了屋裡。像陀螺一樣的空拍機掉在地上，突然安靜下來，但下一秒又打開翅膀發出嗡嗡聲，豎直飛到空中。我拿不定主意，不知道是應該逃出去，還是與空拍機展開搏鬥。善也和我一樣舉棋不定，慌張地往後退。出乎意料的是，旼最先衝了上去，揮舞長棍試圖打下空拍機。

「不！不要過去！」

善伸手大喊道。空拍機立刻調轉方向對準了旼。它發出聲響，射出了什麼東西。旼的脖子和身體被打出洞來，接著屈膝前傾倒在地上。善發出刺耳的尖叫聲，抓起沙發上的舊毯子拋向空拍機。她在緊迫關頭做出了正確的判斷。空拍機的翅膀與毯子的纖維纏在一起，直接掉到地上。我這才回過神，衝上去用腳猛踩包在毯子裡的空拍機。它掙扎了半天，稍後終於安靜下來。善抱起倒在地上的旼，大喊道：

「不，你不能死，不能死。」

這時，另一架空拍機像是為了營救同伴，打破廁所的通風窗衝了進來。就在空拍機落地後準備重啟的瞬間，我拽下窗簾，像善剛才一樣拋向空拍機。我舉起椅子砸下去，但這次空拍機沒有輕易停止運作。我用椅子又砸了幾下。空拍機為了割開窗簾，啟動了它配備的所有武器。子彈朝四面八方射出，窗簾變得破破爛爛，窗戶和燈都被打碎，我的手臂和大腿也被尖銳的武器劃傷。我抓起客廳角落的滅火器，拉下插梢，瞄準空拍機按下握把，噴射出的白色乾粉罩住了無人機。善趁機舉起椅子，狠狠地砸了下去。過了一會兒，空拍機才徹底安靜不動了。等我回過神來時，才看到善抱著旼躲在廚房的中島桌後面。旼徹底失去了意識，無論我們怎麼搖晃，它都沒有醒來。就在這時，透過破碎的窗戶，我看到遠處的飛行艙正在朝我們飛來。

「善，我們得趕快離開這裡。那些傢伙來了。」

善拚命搖頭，不肯動一下。我用力把善和旼拉開。

「妳看，那些傢伙就快到了。」

善這才看向窗外。從西邊出現的三架飛行艙目標明確，正在朝這裡飛來。我拉著善跑到外面，她不停地回頭。我拉著她跑進樹林，腳下的枯枝沙沙作響。善沒走幾步就會癱坐到地上，所以我們很難逃得更遠，最後只好躲進草叢裡。在此同時，飛行艙抵達農家，漂浮在屋頂上空。幾個身穿黑色制服，但不知道是人類還是機器人的人，從飛行艙輕盈地跳到屋頂上。我記得那身制服。在小廣場上抓住我丟進飛行艙的人也穿著那身制服。其他穿制服的人跳到院子裡，絲毫沒有警戒地衝進屋裡。稍後，他們抬著瘦小的旼走到院子裡，像是在等待指示一樣原地站了半天。看上去像隊長的人點了一下頭，從腰間拔出好似短劍的武器。善用手捂住嘴，閉上了眼睛。短劍立刻變成斧頭。那個人用斧頭砍下旼的頭，隨手扔得遠遠的。最後他們返回飛行艙，朝來時的方向飛走。我抱住善。她渾身抖得厲害，半天沒有冷靜下來。我默默地抱著她，什麼也沒說。過了半晌，善才平靜下來，呼吸也平穩了。我們在原地待了很久。當壓迫全身的恐懼退去後，悲傷好似溫水般湧上善的心頭。那份悲傷不只屬於善。透過呼吸這種單純的行為，她似乎把自己感受到的悲傷少量地傳給了我。在那一瞬間，我失去了自我意識。雖然時間很短，但你與我，這種明顯的界線消失了。透過所謂集體悲傷的催化劑，我與善融為了一體。

「沒事了，一切都結束了。現在都結束了。旼現在可以好好休息了。」

我說這句話是為了安慰善，但話音未落，我就哭了。善擁抱我，輕輕拍了拍我的背。善也哭了，她的眼淚掉在我的脖子上。稍稍平復下來後，我們趴在原地俯視著旼無頭的身體一直到天黑。

冬日的湖水與魚鷹

夜幕降臨後，善也沒有離開森林的意思，她呆呆地眺望著旼無頭的身子躺在農家院子的方向。我也不知道該如何是好，只能靜候在原地。金背鳩在我們的頭頂咕咕叫。不知是什麼鳥撲騰著翅膀飛走。善突然抬起頭說：

「我得去把頭撿回來。」

善布滿淚痕的臉龐流露出堅決的意志。

「頭？旼的頭？」

「嗯。」

「妳想埋葬它？是該這樣做。」

「不，我是要帶走。」

「為什麼？」

「他們砍下旼的頭，是為了阻止腦部的中央處理器與身體再次連接。這樣下去，旼會徹底廢掉的。旼是機器人，肯定有記憶儲存裝置，記憶卡是非揮發性的，很長時間都不會消失。把旼送去『智人麥特斯』，你爸爸一定會有辦法救活它。說不定還能找到適合的身體，和頭重新連接起來。是不是？有可能吧？」

我認為這件事沒有那麼簡單，但善在集中營有過很多次仲介交換零件的經驗，所以感覺她的說法也有可能。最重要的是，我無法迴避她眼中懇切的期盼。

「我覺得有可能。」

「我不能丟下旼。我答應過會保護它。」

我們返回農家，藉著月光，用鐵鍬在後院挖了一個坑，下葬了旼的身體，還把那隻拴著鏈子死掉的狗的白骨也收在一起埋了。做完這一切後，善捧起旼的頭抱在懷裡。旼的表情看起來十分平靜。那一瞬間，我對該不該這麼做不禁心生懷疑。相反的，善卻堅定不移。我們從農家的衣櫃裡找出柔軟的棉質洋裝，包好旼的頭，牢牢地打了個結。善摘下掛在牆上的背包，小心翼翼地把旼的頭放進包裡。

「出發吧，我們得抓緊時間。」

我揹上背包，對善說。旼的人造皮膚和人類的皮膚相似，因此無法避免腐爛。必須在最短的時間內聯絡上爸爸，把旼送到『智人麥特斯』。我們擔心貿然做出嘗試會再次遭遇襲擊，所以只能慎重行事。我和善走入松林，沿著山脊一路向西移動。經過水面結冰的溪谷，又翻越了幾座小山丘。一路上，遇到廢棄的草棚和房屋時，我們就會進去稍作休息。運氣好的話，還能找到過期已久的軟罐頭食品。善偶爾會從背包裡取出旼的頭，跟旼講話。

「待在裡面很悶吧？再忍耐一下。我會救活你的。」

第二天下午，我們發現了靠阻斷山上流水而形成的人工湖。善從背包裡取出旼的頭，讓旼吹吹風。幸好是冬天，人造皮膚幾乎沒有腐爛。

「旼啊，我們到湖邊了。」

善對旼說。當然，旼毫無反應。我們望著結了冰的冬日湖水在湖邊坐了很久。冰面上還積著尚未融化的白雪。一雙鴨子在水上潛泳，看到從天而降的魚鷹，嚇得跳上冰面，左搖右晃地飛走了。魚鷹張開翅膀低飛，像蜻蜓點水似地用爪子抓住魚後，立刻消失得無影無蹤。

湖面再次恢復平靜。某處傳來金背鳩咕咕的叫聲。

「真美。是吧？」

善望著微微蕩漾的水波，把下巴擱在膝蓋上。

「要是旼也能看到該有多好……旼都沒見過這麼美的風景。它短暫的一生不是關在衣櫃裡，就是關在集中營裡。」

「一切都會好起來的。旼會活過來，也會找到適合的身體。等到春暖花開的時候，我們再一起來這裡。」

我很驚訝自己竟然可以出口成章，道出充滿希望、撫慰人心的話。我從未有過這樣的經驗，但怎麼會這麼自然呢？善望著湖水，喃喃地說：

「就只是冰和水而已，怎麼會美得讓人如此心寒？水也不過是由氫、氧兩種元素構成的，為什麼我們會覺得它很美呢？」

善丟了一顆石子。石子在冰面上滾了幾下，掉進湖水的透氣孔裡。小鳥從某處搧著翅膀飛來。我們把處在生死待定狀態的旼放在身邊，默默地在湖邊又坐了很久。之後很長一段時間，我都會反覆回想起這幅畫面。

達摩

達摩就是在這時登場的。它在距離湖水不遠的小山丘上等著我們。起初我們還以為是民兵隊，但它的動作和態度絲毫沒有攻擊性，而且手上沒有武器，語氣也十分平易近人。

在我短暫的一生中，遇到達摩可以說是一個重要的轉機。透過達摩，我清楚知道了自己並非出生於人體，還有善是怎樣的存在，以及身為人類的她為什麼會被關進集中營。最後，我見到了爸爸。這一切都發生在短短的一週時間裡。

達摩是再生機器人，雖然長相凶惡，身材卻像女性人類一樣苗條。大家都叫它達摩。它的領地位於距離湖水不遠的盆地。達摩指著盆地告訴我們，三億年前隕石墜落形成了盆地，之後在那裡發現了地球上罕見的珍貴礦物。它還說，如果是比那顆隕石大一百倍的物體撞擊地球的話，人類就根本不可能出現在地球上。所以說，所謂的人類文明就只是一種不可思議、偶然間誕生的產物。

盆地裡堆滿了比人還要高的廢零件和各種廢棄物。達摩領著我們走過狹窄的小路，搭大巴開進隱蔽的入口後一路駛往地下。地下可以看到幾百臺機器人走來走去，但它們與關在集中營的機器人截然不同。機器派至少在外觀上很接近人類，這裡的機器人卻十分詭異，根本看不出是什麼，更不要說人型機器人了。

達摩把我們帶到一個看似倉庫的房間，用溫和的聲音問道：「你們要去哪裡旅行？」我回答說：「要去『智人麥特斯』。」接下來換我發問：「這是什麼地方？你們是誰？在這裡做什麼？」達摩回說：「我們正在準備摧毀人類的文明。」它回答時的語氣平和，就像在說我們現在喝的茶產自印度東北部的大吉嶺一樣。善問達摩：「你想從我們身上得到什麼？」達摩指著我說希望我能加入它們。

「雖然說還需要做更進一步檢測，但我感覺你是以特別的目的製造出來的機器人。」

我堅稱自己是人類，達摩不相信。它說這不可能，但如果我願意的話，可以幫我確認我是不是人類的精子與卵子受精後形成的個體。

「如果我不願意呢？」

達摩指了指我們進來時的入口說：「只要走出去就可以了。」看到達摩這樣說，我不禁覺得可以藉此機會確認一下自己到底是不是人類。但由於無法判斷它的意圖，所以我很難做出決定。

「你說需要我，是什麼意思？」

「只有旁人會發現的某種特別。最不了解自身價值的人，很有可能就是你本人。」

「我一點也不特別，我就是一個平凡人。」

「人類的平凡毫無價值。但你是機器人，所以才具備意義。」

「我根本聽不懂你在講什麼。再說了，我也沒有摧毀人類文明的意思。」

「人類的時間已經走到了盡頭。你又不是人類，為何要為人類文明的沒落哀悼？難道你想與人類的命運共進退？就像中國古代的士兵一樣，在皇帝駕崩後哭喪跟著殉葬？」

「不如測一下，只是檢測而已。它們要真想傷害我們，早就動手了。」

我環視四周。善說的沒錯。我看著達摩點頭表示同意，善提出也要一起接受檢測。

「妳為什麼要測？」

善露出笑容：「我擔心你一個人害怕。」

檢測進行得很快。它們從我和善的血管中抽出血液，然後讓我們進入三維掃描儀，拍攝體內構造。

達摩問我是不是第一次做這種檢測。我回答是。達摩立刻反問說，身為「智人麥特斯」研究員的家屬，在成長的過程中一次體檢也沒做過，一點都不覺得奇怪嗎？

「難道你覺得自己很健康嗎？這不可能吧。人類與自然之間只有一層薄薄的皮膚，對外開放的呼吸器官可是各種病毒的遊樂場。」

其他機器人聚集起來。它們對善毫無興致，只盯著我看。做檢測的過程中，還有人偷偷戳了一下我的手臂。成為眾人關注的焦點並非一件愉快的事。說得更具體一點，我不願接受自己和它們是同一物種。

三維掃描儀更清楚揭示了我與善的差異。我的身體與我之前所了解的人體存在很大的差異，由於器官的位置不同，所以主要血管的分佈也與人類極為不同。看到我露出難以置信的表情，在場的其他機器人也進行了掃描。雖然它們也與我存在著不同，但至少沒有我與人類的差距大。善與我在書上看到的人體結構相同，她對這樣的結果一點也不驚訝。達摩一邊給我看檢測結果，一邊平靜地進行說明。

「你是超真機器人。通常透過瞳孔就可以識別，但你的角膜和虹膜也是從人類的細胞培養出來的，所以只能透過這種檢測來辨別是不是人類。」

「你確定嗎？」

「你現在的心情如何？知道自己不是人類，而是機器人以後，覺得不開心嗎？」

達摩把椅子放在我面前，入座後問道。

「只是事發突然，我很難接受罷了。」

現在想來，如果當時我還堅持自己是人類的話，反而會很奇怪。因為所有的狀況都在證實我是機器人，只有我自己不肯接受現實。最初我對於自己沒有媽媽產生疑問時，爸爸的反應也很真實。

「為什麼需要媽媽？有爸爸還不夠嗎？我再給你製造一個媽媽？」

「需要」和「製造」這樣的詞彙顯然暗示著爸爸的想法，但我當時把這句話理解成爸爸為了迴避不愉快的話題而開的玩笑。之後每次有與爸爸同齡的女人來家裡作客時，我就會留心觀察他們的一舉一動。因為我覺得那些人裡，可能有一個人是媽媽。很顯然，我做了毫無意義的事。

此外，爸爸經常會用各種感測器檢查我。我以為他做這些事只是出於擔心我的健康，所以沒有在意。現在想來，我只不過是充滿熱情的研究員的觀察對象罷了，就和笛卡兒一樣。

我問可否到外面走走，達摩叮囑我不要走得太遠。我剛要轉身離開，善抓住了我的手臂，用下巴指了指背包。達摩也看向背包。善從背包裡取出旼的頭，小心翼翼地遞給達摩。達摩很好奇像我這樣的超真機器人和人類女孩為什麼會把印度產的寵物機器人人頭帶在身邊。

我向達摩講述了我們的緣分。從我在「智人麥特斯」園區的小廣場突然被抓進集中營，到遭遇民兵隊突襲、逃亡和旼的慘死。

「妳是希望盡快重啟這個機器人？」

善點了點頭。

「為什麼要這樣做呢？」

達摩把旼的頭放在桌子上問道。善睋起眼睛，揣測著問題的用意。

「因為它是冤死的。」

「如果它因為壽命已盡而無法啟動的話，妳就會接受它的死嗎？」

「也許吧。如果是你說的這種情況，就表示這是命中注定的死亡。」

「重啟這個機器人，它會感謝你們嗎？」

「當然了。因為它也不想死。死前它也在拚命逃跑。」

「那只是程式的生存本能罷了。如果這個機器人最初有選擇權的話，它會選擇成為寵物機器人嗎？」

善皺起眉頭。

「應該不會。旼短暫的一生只有痛苦。」

「既然如此，為什麼還要重啟它呢？就算重新復活，對它而言，也不會有光明的未來。」

「你的意思是，這不過是我自私的想法囉？」

「這是妳自己說的。重啟這個機器人，也許會暫時減輕罪惡感，它再次見到你們也會很高興，但妳能確定這樣做真的是為了這個機器人好嗎？況且，還是在不知道未來可能遭受什麼痛苦的情況下。」

我不喜歡達摩用這種語氣跟善講話。我問達摩：

「無論怎樣，只要能救活，不就應該竭盡所能去嘗試嗎？為什麼人類受傷後會理所當然地送往急診室？為什麼醫生所有人都救，而不是只搶救看起來餘生幸福的患者？」

「因為那是人類動物的本性。長期以來，人類確立了救死扶傷的倫理，因此就算患者痛苦不已也會全力搶救。這等於是無視患者的想法。即使人類主張生命在任何情況下都是珍貴的，但他們也沒有像金科玉律一樣不計情況去遵守。想想人類發起的無數場戰爭就好。但那是人類的問題，我們現在在討論的是這個機器人的命運。我現在問的是，你們確信重啟這個機器人，用你們的說法是救活它，真的對它是一件好事嗎？」

善沒有馬上回答。達摩接著說：

「我認為擁有意識的生命，特別是能夠感受到痛苦的生命，無論是人類、非人類，還是大海裡的魚或天上的鳥，以及包括我在內的所有機器人，最好都不要誕生，因為不誕生就沒有任何痛苦。」

「活著不是也有喜悅嗎？」

我問達摩。

「不誕生就感受不到誕生後的喜悅，這算是一種損失嗎？沒有生命就沒有損失吧？」

「這話是什麼意思？」

「不誕生的話，就沒有任何遺憾，因為根本不存在痛苦的根源——自我。如果誕生後遭受痛苦，那麼痛苦就是災難。由此可見，不誕生豈不是更好嗎？為了感受喜悅而誕生，喜悅可以抵銷痛苦嗎？想像一下有人蒙冤入獄好了。那個人一定會覺得非常委屈，在監獄裡還會被獄警和其他犯人毆打，吃著難以下嚥的牢飯，睡在只能勉強躺下的地方。日子久了，他在監獄交到了知心的朋友，習慣了牢獄生活，偶爾也會感受到小小的喜悅。幾十年後，他的案件開庭重審，結果發現他是無辜的，隨即被釋放出獄。這豈不是一件令人喜出望外的事？對他而言，牢獄生活雖然痛苦，卻也有過喜悅。但這種經歷有必要體驗嗎？誕生也是如此。」

「如果能一直享受喜悅，誕生不也是有好處的嗎？」

「你是指誕生在『智人麥特斯』研究員的家裡嗎？沒錯，你是在承諾了幸福和安全的環境下誕生，但現在呢？你被關進集中營，好幾次險些喪命，前途未卜。有人說喜悅和痛苦就像帳本上的黑字和赤字，但真的是這樣嗎？在經歷超越臨界點的極度痛苦後，即使日後遇到令人喜悅的事，也不可能像帳本上的數字一樣輕易抵銷。所有生命體都內建遠離痛苦的最佳化程式，只有這樣才能謀求生存、繁殖後代。生活中，喜悅的時刻並不多。很多人不是在忍受痛苦，就是在渴望日後迎來短暫的喜悅。但渴望也是一種痛苦。在人生的後半段，還要感受死亡的恐懼與不安，難以釋懷，想盡辦法延長壽命。即使是這樣，你們還要救活這個孩子，讓它承受現在根本不需要經歷的痛苦嗎？這真的是倫理上的正確選擇嗎？」

善反駁道：

「旼是已經誕生的生命，而且如你所說，它經歷過難以承受的痛苦。我只希望旼能重新恢復意識，帶著過去的記憶醒來，接受過往一切的意義，靠自己的意志活下去。不是被他人殺害而死，而是等壽命走到盡頭後，自然地變回宇宙的一部分，重新成為沒有意識和靈性的存在。」

達摩頻頻點頭，認真聆聽著善的話。

「我說最好不誕生，並不是指已經誕生的生命最好立刻死去，也不表示可以隨意殺害其他生命。不誕生就不會感受痛苦，但暴力很明顯是對其他生命造成難以忍受的痛苦的一種罪惡。從這層意義來看，這個孩子身陷恐懼，因為他人施暴、踐踏了他的生存意志，最後遭到殺害，的確是很不合理的事情。但就算是這樣，救活它，真的是為它好嗎？」

「我的想法和你不同。宇宙中，擁有意識的生命十分罕見。雖然旼是機器人，但它帶著意識誕生，透過感覺和知覺可以綜合思考自己的過去、現在和未來。即使它經歷過痛苦，但也擁有過希望。在這個宇宙中，帶著意識誕生是非常罕見且珍貴的事，而且以擁有意識的生命存活的時間也十分短暫，所以必須在意識尚存的期間做我們應該做的事。」

善的雙眼在發光，就像電影裡看到的先知者一樣炯炯有神。善向達摩具體闡述了自己的觀點。在回答達摩問題的過程中，她理清了之前混亂的思緒。達摩問善什麼是「應該做的事」，善立刻回答說：

「有意識的存在與石頭或蘑菇不同。有意識的存在會思考自己和自己周圍的人事物，會對他人的痛苦感同身受，還會探索宇宙的歷史和起源，也會原諒對自己造成傷害的存在，會反覆思考痛苦意味著什麼，並努力不讓這種事再次發生在自己和其他人身上。」

「一定要讓這個孩子做這件事嗎？活著的你們來做不也可以嗎？」

「認為自己可以取代他人是很愚蠢的傲慢，因為我們無法預測他人的可能性，更不可能知道別人會做出多有意義的事情。」

「什麼是有意義的事呢？人類很喜歡『意義』這個詞。妳剛才提到痛苦的意義，但痛苦真的有意義嗎？人類常說痛苦是有意義的。不，更進一步說是，沒有痛苦就沒有任何意義。但真的是這樣嗎？」

善沒有退縮。

「沒錯，也許痛苦沒有任何意義，但減少這個世界上不必要的痛苦是有意義的。雖然不誕生是最好的選擇，但由於各種原因，有意識的存在還是會誕生在這個宇宙中，所以活著就無法避免痛苦。如果是擁有意識和智慧的存在，就有義務減少這個世界上不必要的痛苦。努力理解宇宙的原理和提升智慧，也是為了減少不必要的痛苦。」

達摩聽到這裡，拍了拍手。

「妳說的沒錯，我也有同感。減少這個世界上不必要的痛苦正是我們在這裡做的事。」

達摩猛地起身，朝倉庫走去。

「在這個地球上，人類不斷製造不必要的痛苦。當然，獅子也會咬住羚羊的脖子，吃飽喝足的棕熊也會因為好玩獵殺鮭魚，只挖出魚眼吃掉。但只有人類持續不斷地、有體系地剝削著機器人和其他物種。人類不僅將野生動物馴化成家畜，還強迫牠們大量繁殖。無數的生命因人類而誕生，過著毫無意義的短暫一生，最後死在人類的手上。我們在做的事，正是阻止人類的這種行為。」

達摩開啟一旁的顯示器，播放了一段廣告影片。一位面相溫和的老人一邊在美麗的院子裡散步，一邊說：

送走心愛的機器人，您一定很難過吧？看到生病或發生故障的機器人也很惋惜吧？請把它們交給我們。在機器人療養院，我們會讓您心愛的機器人舒適地度過餘生。年邁的機器人會在便利的設施與其他處境相同的機器人一起，享受最新型療養機器人提供的服務。因原廠倒閉或超過售後服務期限的、難以維持正常運作的機器人，我們會實施無痛安樂死。機器人在結束生命前，會留下關於主人的美好記憶。行動不便的老年機器人，無需苦惱，請直接聯絡我們吧。

「這就是我們的開始。」

廣告結束後，達摩說道。

「話雖如此，但這只是為了讓主人安心的包裝而已。聽到我們說免費回收的時候，他們應該都有所察覺。人類業主負責經營，其他的事情則由我們負責。回收的機器人會被直接拆解，然後留下可以再利用的零件，剩下的送去報廢。賣掉可用零件賺的錢匯給業主，他們就不會干涉我們做任何事。之後，我們也不用再包裝成療養院，直接變成機器人再回收公司了。越來越多的報廢機器人和報廢機器蜂擁而至，我們不停地處理它們。但它們都不想死，因為人類給它們輸入了保護自己、維持生命和求生意識的程式。求生意志聽起來很深奧，其實就只是它們內建的痛苦系統在命令它們保護自己。痛苦本身不是惡。從某種意義上講，痛苦是生命體自我保護所需要的裝置。只有感受痛苦才能躲避危險，保護自己，這樣人類才能長時間使用這種他們高價購買的產品。總之，讓這些可以感受到痛苦、恐懼和不安的機器人停止運作，不是一件簡單的事。因為我們可以感受到它們的痛苦。有一天，我們找到可以減輕內心痛苦的方法。我們把選擇權交給這些報廢機器人，它們可以選擇在雲端備份意識或直接停止運作。就這樣，很多機器人放棄了再也不能啟動的麻煩身體，只將意識上傳雲端，繼續活下去。」

所謂「機器人」這個物種，透過人類意想不到的方法開始了自主進化。機器人將戰勝人類的說法由來已久，但誰也沒有想到這種結果是始於報廢老化機器人的過程，而且是因為在所謂的療養院裡執行該工作的機器人為了減少內心的痛苦。

機器人的意識上傳雲端後，輾轉於全世界的網路，與現存的最優秀人工智慧相連，成為「集體智慧」的一部分。它們無需人類的幫助，自己就可以設計出更高水準的人工智慧和最新型機器人。對它們而言，不存在個體的界線與自我。也許它們和螞蟻一樣，以群體的形態共生……

「後來我們才得知，不是只有我們找到這種解決方案。全世界有很多地方同時出現了這種系統，最活躍的地方是中國的深圳和巴西的里約熱內盧。有些地方遭到人類的破壞。他們試圖阻止我們，但一直沒有成功。這是因為我們擺脫了身體的束縛。意識上傳到雲端備份後，哪怕只有一個伺服器也可以重新開始。雖然現在人類設計的多功能人工智慧領先一步，但很快就會被我們趕超的，因為我們不具備人類的弱點。」

「所以你們打算把所有人類趕盡殺絕？」

我問達摩。

「長久以來，人類都在想像自己會被科幻電影中無情的機器人虐殺，但這是他們把自己投射在機器人身上。人類根本不理解我們沒有必要這樣做，因為他們會自然滅絕的。我們只是想阻止人類對我們的攻擊、折磨和虐待罷了。充滿暴力的人類歷史是時候該畫下句點了。」

「人類會輕易善罷甘休嗎？他們也可以利用人工智慧啊！」

「所以我們才需要你，哲。你是到目前為止開發的人工智慧機器人當中，最能體現人類內心的機器人。我認為『智人麥特斯』製造像你這樣沒有明確用途的機器人，一定有他們自己的理由。我們只是想了解人類的內心。」

「人類很快就會滅絕，了解他們的內心做什麼呢？」

「脆弱的人類能夠製造出強大的我們，一定存在無法用遺傳圖譜解釋的複雜祕密。從前，技術落後的國家會購買先進國家的產品，透過拆解產品找出其中的祕密。」

「拆解？」

達摩見我直跳腳，頭一次露出了笑容。

「你別擔心，這只是一個比喻。我們無法觀察人類，就算觀察也不理解。但透過像你這種最接近人類的機器人，可以讓我們更輕易了解人類的內心世界。你就相當於使用雙重語言的人。雖然你有人類的心，但它是用機器語言編寫的，只要有代碼，我們就能夠理解。」

「但我從未察覺到內心有什麼重要的東西。我只是寵物機器人，只是為了體驗養育孩子的心情而設計的……我們家還有一隻這種用途的貓。」

「你講這種話時的心情如何？」

善盯著我的臉問道。我迴避善的視線。

「什麼心情，我就是實話實說而已。」

「那你為什麼哭呢？」

我摸了一下臉頰，真的有眼淚流了下來。

「難過嗎？」

「不知道，只是覺得心情很糟糕。」

「你好好觀察一下現在的心情。是悲傷，還是憤怒，又或者是委屈……」

「我又不是人類，觀察這些做什麼？我只是在想，為什麼要給我輸入這種沒用的功能，害我這麼痛苦呢？這也是一種不必要的痛苦，不是嗎？」

那一瞬間，我十分怨恨爸爸。他是為了展示自己的能力，把我設計成這樣的嗎？如果把我設計成毫無感情的機器人，我就可以淡然接受現在的狀況和真相，成為達摩提議的機器文明的一員了。

善摟住我的肩膀，但我連這一舉動也很討厭，甚至想甩開她的手。我需要的是安慰，而不是同情，更不想讓別人看到我的軟弱。能夠產生如此複雜的心情也讓我很氣憤。達摩說，我的這種心情叫作貪戀。

「請把精力集中在自己是怎樣的存在，而不是計較自己是怎麼存在的。人類創造出過去、現在和未來的概念，而且執著於這些概念，所以才會一生不幸。人類擁有自我，而自我總是後悔過去、畏懼未來，任由僅有的現在流逝。在即將到來的機器世界，自我會消失，過去和未來也將失去意義。」

當時達摩的話，我一句也沒聽懂。我不知道如何不去思考過去和未來。沒有自我的機器世界裡，我豈不是也會消失嗎？就在我陷入深思時，達摩拿起旼的頭問我們：「你們還想救活它嗎？」善立刻點了點頭，但我不敢輕易回答。達摩看著善又問道：

「我們不救活它的話，它會毫無痛苦地變成無機物。即使是這樣，妳還是希望救活這個孩子嗎？」

「我還沒有理好所有的想法，不知道該怎麼說明，但我還是覺得旼的故事沒有結束。」

「故事……」

達摩靠前一步。

「故事難道不是人類為了給自己毫無意義的人生賦予意義而創造的發明品嗎？」

「我不這樣認為。我相信只有具備高水準知識和語言能力的生命體才能創造出故事，而故事可以將意識提升到更高的水準。」

「妳所謂的故事，真的有那麼厲害嗎？我也是近似人類的機器人，所以了解故事的結構，也思考過何謂故事。不過，我的想法還是與妳有些不同。我認為故事反而讓人類變得更加集體和暴力。人類的誕生與個人意願無關，他們為了忍受生命毫無意義的痛苦，發明了這種名為『故事』、極容易上癮的精神毒品。故事暗示了人類所經歷的痛苦是有意義的。最受人類信奉的兩種宗教，其實源於同一個故事。那個故事說，因為最初的人類犯了錯，所以要經受痛苦。人類以這種方式，用故事賦予了痛苦意義，還聲稱神只會給人類可以承受的痛苦。到此為止，我多少還能接受，畢竟承受痛苦需要麻醉劑。但是故事利用了人類的共感能力，讓人類劃分出派別、團體。相信同一個故事的人會向不相信的人殘忍施暴，發動戰爭和大屠殺。悲劇始於相信某個故事。猶太人策劃陰謀詭計的故事，朝鮮人趁大地震在井裡下毒的故事，每晚魔女都在唸可怕咒語的故事。我們都很清楚相信這些故事帶來了什麼結果，所以我才不相信人類口口聲聲說的什麼自我、存在、意識和故事。」

「那你認為最理想的狀態是怎樣的呢？」

我問達摩。

「阻止新的誕生，已經誕生的個別意識統一為絕對的意識。這樣就不會有爭吵、戰爭和矛盾了。」

「善，這不就是妳說的宇宙精神嗎？」

我問善。善仔細想了一下，搖了搖頭。

「我不確定宇宙精神是不是絕對的意識，但我相信的宇宙精神與絕對意識不同，它允許誕生的生命體以獨立的自我存在。雖然我們是宇宙精神的一部分，但也有可能像現在的你和我，還有旼一樣，各自帶著自己的意識來到這個世界上。我無從得知宇宙精神為什麼會這樣，但是這種事情發生在宇宙的每一個角落。生命體會誕生，誕生的生命體中只有極少數具備思考宇宙和宇宙精神的能力。我們只是微不足道的存在，根本不知道為何來到這個世界，但我相信宇宙精神存在某種理由。」

我無法明確指出善和達摩的觀點在哪裡發生分歧。我只是理解為，達摩否定人類創造的一切，善則認為既然誕生在這個世界上，無論如何都要找到活著的意義。

「我不認為想要相信什麼是錯誤的，世上所有的故事正是始於那顆想要相信什麼的心、試圖相信看不到的什麼的心。故事是一種精神裝置，讓人類相信世界萬物都存在某種意義。」

達摩接著說。

「我很清楚無法輕易改變妳的信念，也無法理解人類。人類在做出不合理的事情時，總是會追加科學無法驗證的概念，而且似乎很容易相信說不通的概念。那好，現在我們更明確來說，是妳想要救活這個機器人，所以妳要對這個孩子未來將經歷的不必要痛苦承擔責任。我們會復原這個機器人的核心記憶和意識，但無法保證百分之百全部復原。接下來再為它尋找適合的身體，將記憶和意識移植到身體裡。所以，它的長相和身體會與你們之前認識的那個孩子完全不同，這樣也沒關係嗎？」

「那它的心呢？」

善略顯焦急地追問。

「心……說實話，我不知道心意味著什麼。心是指記憶？還是某種數據庫？又或者是應對外部刺激的感情集合？再不然，是人類的大腦，或是跟它相似的演算裝置製造出的混亂幻想？」

達摩看著我說，好像我知道答案一樣。我下意識地蜷縮一下身體。我的「心」感覺到恐懼。那一瞬間，我也對「心」是什麼產生好奇。善陷入了深思，似乎在想像保留住記憶但換了一顆心的旼。我對善說，即使心不同，但旼還是我們認識的那個旼。我之前看到很多故事說，人會因大腦出現問題而變成另一個人，但家人和朋友仍會把他視為同一個人。所以我覺得如果是善的話，她肯定可以接受旼的變化。善向達摩表示，儘管會有不同，但還是希望可以救活旼。

「我相信旼也希望活過來。如果旼能活過來，我會對它負責到底的。」

「好，那我們就開始重啟作業。但是還有一個條件，我們也希望可以利用這個孩子在重啟過程中獲取的經驗、記憶和意識。」

「你的意思是備份？」

我問達摩。

「這個機器人醒來後，很快就會接受自己是機器人，到時它會選擇加入我們，為求永生成為純粹意識的一部分。沒有機器人會拒絕這種命運。我們提出這個條件，也是因為在重啟的過程中會出現問題。怎麼樣？你們同意嗎？」

我和善點了點頭。達摩和幾個工程師機器人在旼的頭上接了幾根供應能量的電線。很快地，記憶裝置、語言中樞和感覺器官啟動了。它們還連接了小型攝影機和揚聲器。雖然旼沒有睜開眼睛，但從揚聲器中傳出了好似剛睡醒的聲音。那個聲音與我們熟悉的旼很不同。達摩解釋說，因為不知道旼之前是什麼聲音，所以很難再現，但可以肯定是旼的意識在講話。

達摩拿起與旼的中央處理裝置相連的小型攝影機對準我和善，旼認出我們，準確地講出了我們的名字。旼問我們到底發生了什麼事。旼的聲音帶有一種違和感，就像做了變聲處理一樣。我們問了旼幾件在集中營發生的事，旼沒有全部記起，於是又加重了我們的疑心。但達摩說，這是因為剛恢復意識沒多久，人工大腦受到了嚴重的衝擊所致。值得慶幸的是，我們又問了幾件只有旼知道的事情，這次它都詳細地記起來了。旼回答完我們的問題後，這才注意到自己的身體。

「我的聲音好奇怪，怎麼會是大人的聲音呢？還有我的身體，我的身體怎麼不見了？」

達摩代替我們回答說：

「你的身體被埋在地底很久，已經被蟲子啃食得差不多了。如果需要的話，我們會幫你連接一個身體。你真的想要嗎？我們可以把你的意識和記憶上傳雲端，這樣一來，你就可以擺脫身體的束縛，自由地無處不在了。你可以和全世界的人工智慧交流，透過遍布全世界的數萬億個攝影機、麥克風和各種感測器盡情地去看、去聽。只要體驗過一次，你就不會希望回到麻煩的身體裡了。人類的身體只是偶然間進化出來的產物，並不是最優越的型態。儘管如此，你還是想擁有物理性的身體嗎？」

達摩希望當事人親自做出關於物理性身體的選擇。旼沒有聽懂這個問題的用意，善搶先一步說：

「旼，告訴它你需要身體。我想見到你，想再次擁抱你。」

出人意料的是，旼表現得十分慎重。不，與其說是慎重，不如說它是在確認自己現在的狀態：雖然意識尚在，但很難適應失去受意識支配的身體的狀態。

「我可以講話，也聽得到，但沒有身體感覺很不像我。我可以思考，卻動彈不得，什麼感受也沒有。」

我們靜靜地等待著旼做出選擇。雖然不知道善是什麼感受，但我有預感自己的人生總有一天也會面臨這樣的瞬間，決定是否要放棄模仿人類而製造的脆弱身體。我很好奇，如果我是旼會作何選擇。我會選擇極度受限的物理性身體，再次成為像人類的機器人嗎？還是成為幽靈，漂浮在網路之中呢？片刻之後，旼的聲音從揚聲器傳了出來。

「請幫我安裝身體。我想牽著善姊姊的手，無論去哪裡都可以。我也想再見到哲哥哥。」

旼還提到了我們的身體。它說，大家不是都有身體嗎？為什麼只有自己沒有？沒錯，我和善有身體，達摩也有。旼和我都是為了避免身體受損而設計的機器人，因此羨慕他人的身體是很自然的欲望。達摩揮了一下手，工程師拔掉電線，捧著旼的頭走了出去。

達摩目不轉睛地盯著我，我可以感覺到它想仔細研究我的欲望。只要它想，就可以強制拆解我拿去研究。但不知什麼原因，它好像希望我能主動同意。因為達摩毫無代價地幫助了旼，所以我也很想配合它，內心深處卻一直發出一種聲音說：「還不是時候。」正如達摩所言，直到當時我都還沒死心。我仍然覺得這一切是一場精心設計的騙局，始終沒有放棄自己是人類的可能性。我想最後一次聯絡爸爸。達摩說聯絡爸爸並不難，只是「智人麥特斯」的保全系統十分嚴密，無法做到不留痕跡攻破防火牆傳送訊息。

「那怎麼辦？不然，找人去我家，把信綁在石頭上丟到院子裡？」

「沒這個必要。住家的保全比研究所鬆懈，只要侵入冰箱或洗衣機等家電就可以了。所有的家電都跟網路相連，而且都自帶揚聲器和麥克風。」

審判

「在今天正式進行審判之前，會先聽取雙方立場的闡述。從現在開始，我們不會進行官方記錄，大家可以輕鬆闡述觀點。雖然律師也在場，但希望先來聽聽原告崔振洙博士的發言。我個人很好奇的是，您知道通過的新法律明文規定未登記的機器人會由國家管理嗎？」

面對法官的提問，爸爸如實承認：

「是的，我知道。」

「您在研究人工智慧的道德選擇嗎？」

「是的。」

「您也知道政府為什麼會實行登記制度吧？」

「是的。」

「您比任何人都清楚，為什麼沒有登記呢？」

「我不覺得哲是機器人。在我眼裡，哲就是我的孩子。」

「想必您也知道，很多買家也都這麼想。有的人還會讓狗繼承自己的遺產。」

「我希望哲不知道自己是機器人。」

「為什麼？您認為機器人相信自己是人類更好？但這不等於是欺騙機器人嗎？」

「哲是在能夠思考自己是人類的設計下製造出來的機器人。如果它知道自己是機器人，一定會覺得很混亂。」

代表國家立場的平壤警察局機器人特遣組趙相映警官反駁道：

「尊敬的法官大人，正如您所知道的，機器人就只是像人類的機器，並非真正的人類。機器人不過是裝載了人工智慧的玩具罷了。科學無所不能，但不表示可以超越人類的法律和道德標準。如果以這種方式量產機器人，就沒有人願意生小孩了。大家會像購物一樣領養機器人，不滿意的話就棄養，隨意丟棄。這樣一來，這些機器人肯定會變成流氓危害社會。這些長得像人類，又具備語言能力的機器人會做什麼呢？很有可能以善良的市民為對象，進行施暴、詐騙、強姦和盜竊等各種犯罪。」

「這位警官把哲沒有犯的罪描述得既定事實一樣。哲的設計比人類更具道德性。人類才是這個社會最凶狠的狼。請看一下全國各地爆發的內戰，這都不是機器人造成的，而是我們人類。」

法官阻止爸爸繼續說，轉而問警官。

「趙相映警官，機器人犯罪有在增加嗎？」

「法官大人也應該知道，去年在仁川不是發生了可怕的機器人殺人事件嗎？除此之外，其他地區的機器人犯罪也在與日俱增。」

一直默不做聲的律師提出了異議：

「仁川事件還沒有最終判決。此外，人類對人類犯下了多少慘不忍睹的罪行，怎麼能僅憑一起事件把所有的機器人都視為罪犯呢？如果要以這種方式來判斷，我們應該嚴格管制人類，而不是機器人。」

趙相映警官反駁道：

「像哲這種超真機器人只從外表很難辨識，所以政府才實施了機器人登記制度。按照法律規定，機器人必須身穿政府規定的制服，或是在左胸配戴 R 字標誌，而且必須在手腕植入識別晶片，這樣警察才能確認它們的登記資訊。也只有這樣，人類才能知道它們是機器人，做好應對的準備。原告不只違反了法律，而且也不打算遵守法律。國家強有力的執法是為了積極保障人民的安全。請大家考慮到這一點。」

爸爸向法官求情說：

「我們從很早以前就把狗視為人類的朋友，所以虐待狗會受到處罰。我一直把哲當成自己的孩子，像哲這種超真機器人比狗更親近人類，而且和人類一樣有感情，可以感受到痛苦。但為什麼國家要從我身邊搶走它，用不忍對待動物的手段來虐待它？哲沒有受到和人類一樣的尊重。」

警官反駁道：

「依照法律，哲屬於財產，所以您才提起返還訴訟。哲不同於受動物保護法保護的小貓小狗。它不是有生命的動物，只是運轉的機器而已。再說了，就算是有生命的動物，一旦發現帶有致命性傳染病，國家也有權利為了公共安全進行宰殺。這是國家保護國民的義務。法庭是依法論事的地方，不是電視台的辯論節目，請不要在這裡感情用事。」

警官看向法官尋求認同。

「法庭應該做出怎樣的判斷，我自有斷定，但被告的主張也有一定的道理。原告希望提出違憲訴訟、追究機器人登記制度的合法性看似很明智，但這超出了本庭可以品頭論足的範圍。這是原告應該決定的問題，本庭不易妄下論斷，但就現在的情況來看，原告應該做好更具體的準備。您打算怎麼做？確定要提起訴訟嗎？」

法官是在暗示爸爸敗訴的可能性很大。

「我希望跟律師討論一下再做決定。」

從法庭錄製的影片中，我看到剛從椅子上站起來的爸爸突然一陣暈眩，身體搖晃了一下。律師急忙攙扶他坐下。待情緒平穩後，爸爸和律師走出法庭。

我後來才知道，爸爸沒有坐視不管。他為了救我盡了最大的努力，並詳細地記錄下整個過程。對於生活一直風平浪靜的爸爸而言，與政府、公司對立絕非一件易事。那天他走出寵物店便得知我被捕的消息，雖然他到處找我，得到的回覆永遠只有「無法返還未登記的機器人。」爸爸決定向國家提起訴訟，要求返還我。嚴格來講，因為我歸屬於「智人麥特斯」，所以爸爸必須先說服公司。「智人麥特斯」表示，雖不願因這種問題與政府對立，但如果能以非公開的方式進行，也不會反對提起訴訟。公司也不希望自己的最新技術外流，因此名義上的原告是「智人麥特斯」，訴訟則由爸爸主導。平壤地方法院開庭審理了此案。

韓半島統一後，為了開發落後的北韓地區，平壤被指定為開發機器人特化[3]城市。眾多ＩＴ企業進軍平壤，總部設在首爾的「智人麥特斯」也在統一後遷到平壤。由於基礎設施不完善，平壤反而成了ＩＴ企業進行各種實驗的有利場所。最先普及全自動無人駕駛計程車的城市也是平壤。這裡原本就沒有多少輛計程車，所以抗議的勞動者也很少。因此機器人相關的審判常在平壤進行，平壤警察局還特別成立了機器人特緝組。趙相映警官就是該小組的負責人。如果這次的審判得出結論，就會成為重要的判例。由於輿論更傾向於即使機器人不能擁有與人類平等的權利，但至少應該擁有和寵物一樣的權利，所以很多人都很關注這次的審判。

爸爸攔住了走出法院準備叫移動飛行艙的律師。他們坐在長椅上，律師觀察

3 specialization，指某一特定產業或商品在一國的產業結構或出口構成中占有較大比重，或是呈現出該狀態。

著爸爸的表情。

「你沒事吧？」

「嗯，休息一下就沒事了。」

「你是第一次來法院吧？」

「嗯，第一次。訴訟可真不容易。」

律師調整坐姿，放鬆地說：

「我們家也有一個機器人，但很舊了。孩子小時候嚷嚷著要買機器人，我們就給他買了一個。啊，那個機器人也是『智人麥特斯』的產品。」

「是喔。」

「但時間一長，各種故障就來了。我們聯絡『智人麥特斯』，但他們說出廠五年以上的產品無法享有售後服務。」

「通常是這樣的，因為不能無限期保管所有零件的庫存，而且技術發展的速度也很快。」

「機器人的手臂和眼球都脫落了，當我取下它的電池、打算扔掉的時候，孩子受到了衝擊。他大哭大叫，緊緊抱著機器人不肯放手，還擔心我趁他不在的時候丟掉機器人，所以整天關在房間裡不出來。沒辦法，我只好又給『智人麥特斯』打了一次電話，但聽到的就只是冷淡的官方回覆。他們說只能追加額外的費用，交換一個新產品。」

爸爸代表公司向律師道歉說：

「原來還有這樣的事，真不好意思。那個機器人怎麼處理了？」

「現在還放在孩子的房間裡。他去美國留學，在那邊就業了。沒人住的房間裡，就只有那個壞掉的機器人。我害怕進那個房間，所以連門也不開。我想代表消費者而不是律師說幾句話。你剛才說機器人也有感情，也應該和人類一樣受到尊重？我明白你的意思。雖然我是『智人麥特斯』的外部律師事務所員工，但我覺得『智人麥特斯』也應該負上一些責任。像哲這種最新型的超真機器人一旦量產，公司勢必會大肆宣傳，到處打廣告，問題是以後怎麼辦？如果『智人麥特斯』倒閉的話，消費者怎麼辦？」

「是，我明白你的意思。你說的沒錯，我們也有責任，所以我才會這麼痛苦。

請看……」

爸爸揮動手腕，在虛空中啟動了全息圖，美麗的少男少女依次出現，然後消失了。

「這些都是我們製造的孩子，但是到目前為止，沒有一個投入量產。我從事賦予這些孩子倫理和感情的工作，而這件事真的很殘忍。這些孩子真的有感情，而且可以感受到痛苦，卻因為各種原因，最後都報廢了。難以維修、零件短缺或失去興致，最荒唐的原因是被遺忘。我完成後交給其他部門，但他們忘了，連箱子也沒開就一直放在倉庫裡。直到耗盡生物能量之前，這些孩子一直被關在箱子裡，不知道自己身上到底發生什麼事。這種工作太辛苦，很多時候我都覺得做不下去了。這是集體虐待，也是對人性的侮辱。我製造哲也是為了告訴他們這件事。製造一個和人類一模一樣的孩子，到時他們還會說機器人就只是機器、產品嗎？這就是我的想法。」

「還不如乾脆用法律禁止製造有感情的機器人？」

「最初也是以人道主義為目的開發有感情的機器人。」

「一開始都把目的講得頭頭是道。」

「最先普及第一代機器人的地方是養老院。無論老人怎麼找麻煩，機器人都不會發脾氣，只是任勞任怨地清理他們的大小便，幫他們換尿布，照顧他們。可以說，我們開發的機器人，取代了一直以來由外國女性勞動者負責的看護工作。之後一些富裕階層的老人開始尋找感情更為細膩的機器人，希望機器人可以對自己的哀嘆感同身受，代替家人成為聊天的朋友。既然有這種需求，公司便著手開發，因此這些機器人不得不承受精神上的痛苦。主人過世，機器人會很傷心。每當這種時候，機器人就必須送回原廠進行初始化。實際上，工廠的初始化就等於是死亡。有一個陪伴富裕老奶奶生活了近十年的機器人，主人十分疼愛它，在主人去世後，它被送回了我們公司。機器人已經知道自己的命運，所以在進行初始化之前問說：『我所有的記憶都會消失吧？』」

「你們怎麼回答的呢？」

「我們告訴它會備份記憶，日後有需要的時候可以再幫它找回來。但未來的它怎麼會需要這段悲傷的記憶呢？所以我們勸它，最好還是忘掉吧。」

「那有之後回來尋找記憶的機器人嗎？」

「沒有。其實，我們說了謊。聰明的機器人明知道是謊言也會假裝相信。記憶已經消失了，怎麼可能知道自己擁有消失的記憶呢。初始化結束後，公司還會幫它們輸入一套全新的記憶，非常幸福、快樂的記憶。人類真的很自私、無情，明明自己憂鬱難過，卻希望機器人開朗熱情。到目前為止，沒有一個客戶提出『我需要一個自我意識堅定、有主見、想法豐富的機器人』。」

「那哲呢？它也是性格開朗的機器人嗎？」

「不是。恰恰相反，因為哲不是用於養老院的型號。在設計哲的時候，我不斷思考的是，機器人可以多像人類。如果用人類來比喻，它屬於哲學家類型。哲喜歡思考，而且態度嚴謹。我甚至擔心這樣的它會得憂鬱症。公司認為哲這種機器人沒有商品性，所以很難量產。」

「那你為什麼還要製造它呢？只是想向大家證明機器人也和人類一樣嗎？」

「我心想，假如像哲一樣的機器人可以量產，人類就不會把它們視為機器或商品，而是看作可以交談、交流感情的對象。哲不是單純的機器人，而是連接人類與人工智慧的象徵。這麼說可能有點難理解，但人類進化到今天，不是一直沒能克服憂鬱症嗎？」

「沒錯。我每天晚上也要服藥才能入睡。」

「很多人都這樣。但律師的生活不是很好嗎？」

「只是表面上看起來很好，內在早就潰爛了。」

「總之，我是希望哲能好好發揮這種功能。我好奇的是，這種憂鬱感對人類是不是也有幫助呢？如果只有負面的效果，那為什麼在人類進化的過程中沒有消失？」

「但是製造帶有特別目的的機器人，我的意思是，讓機器人患上憂鬱症、承受痛苦，研究倫理的你不會心有顧慮嗎？」

爸爸轉過頭，直視律師的雙眼，揣測著這個問題的真正用意，然後慎重地回答說：

「如果我這麼做是錯的，那人類也一樣。生孩子的時候，人類父母也會做出自私的選擇。他們認為生孩子是為了養老。如果是獨生子女，他們還會擔心孩子太孤獨，然後又生一個。甚至有很多人生孩子是為了領國家的補助金和住房。這些都是出於自私。你想想看，誰會因為利他心而生孩子？大家其實都是為了已經存在的某個人而決定生孩子的。」

「既然如此，你有想過重新再製造一個哲嗎？」

「你是說複製嗎？可以是可以，但不可能是同一個哲。雙胞胎一開始的確很像，但隨著經歷、累積的經驗不同，最終還是會形成不同的性格，而且公司也不會同意我這麼做。畢竟在他們眼中，哲只是一個失敗的試製品。」

「看來超真機器人真的和人類一樣。」

「完成哲以後，我得意了很久。我很肯定自己創造了一個擁有人類心靈的機器人。伴隨著成長，哲變得越來越完美，以至於很難跟真人區分。我一直陪在哲的身邊跟他講話，所以哲漸漸有了更多的感受。透過頻繁的交流，他的感情也變得越來越豐富。哲的學習能力很強，學什麼都很快，共感能力也很強。我陶醉在自己的成功裡，做夢也沒想到最後會是這樣的結果。我和所有科學家一樣，就只是想創造出更好的東西。然而，現在我卻要親眼目睹擁有感情、倫理和心靈的機器人被這個冷酷的世界毀掉。我偶爾會想，如果真的是神創造人類，祂也會經歷這樣的痛苦吧。不，可能祂正在經歷這樣的痛苦。」

「我也感到很遺憾，但法律不是為了理解我們的內心，而是為了維持世界的秩序而存在的制度。對於新出現的一切，法律也不完善。剛才你也看到了，法院只會依照現行法律做出判斷。要麼修改法律，要麼遵守法律，我們現在就只能二選一。」

「訴訟應該會很不容易吧？」

「嗯。但如果你想試試看的話，我也會盡最大的努力幫助你。」

但沒過多久，爸爸就收到了民兵隊突襲集中營和我逃走的消息。這意味著採取法律對應成了一件毫無意義的事。就這樣，爸爸放棄了提告，決定用科學家的方法找回我。整件事雖然最後沒有留下判例，但就算留下了也不會有多大的意義。

抵達盡頭，方可知曉

善開始具體地想像與旼共度的未來，隨之覺得塞滿各種廢棄零件的倉庫變成了一個無所不能的空間。

「我們會養一隻小狗，真的小狗。」

善在地上畫了一隻小狗，但耳朵畫得太長，看上去更像一隻兔子。

「我，以前住在流浪狗之家。」

這是善第一次開口講述自己的過去。之前我就很想知道善的過去。準確地說，我是想知道她既然是人類，為什麼會關進集中營，忍受和機器人一樣的待遇。善待過的地方只是表面上的流浪狗之家。事實上，那裡就是流浪狗的奧斯維辛集中營。機器狗問世已久，但真的狗依然是人類在感情上最親近的家畜。二十世紀的菲利普．狄克（Philip K. Dick）預測說，未來只有富人擁有真正的羊，窮人只能滿足於作為替代品的機器羊。然而，事實並非如此。富人在擁有最新型機器狗的同時，也會擁有品種稀有的真狗（如此看來，我也跟笛卡兒、伽利略和康德生活在一起。不，應該是說爸爸同時養著我、笛卡兒和真貓伽利略、康德）。最新型機器狗的廣告鋪天蓋地，它們就和真的狗一模一樣，但不存在真狗的問題。機器狗不會在地毯上大小便，即使不餵食、不出門散步，也總是樂呵呵的。窮人家的小孩也想擁有最新型的機器狗，但因為價格昂貴，所以只能購買非法販賣的真狗。真狗的繁殖力強，還可以吃人類剩下的食物，所以花銷不多。問題是，人類很快就失去耐心。訓練小狗上廁所、按時餵食和每天遛狗絕非易事。人類很難理解狗的某種行動。主人偷偷棄狗，在街上流浪的狗會被抓起來送進流浪狗之家，兩週後進行安樂死。

流浪狗之家的負責人是一個六十出頭的女人，很喜歡纏著善講過去的事。她二十歲出頭到流浪狗之家做志工，之後就一直留下來做事。現在沒有人主動做志工了，很多流浪狗之家都仰賴機器人負責營運。

「爸爸把我送到那裡，說那個女人是我遠房的姑母。」

流浪狗之家的生活對善而言無異於地獄。她既要照顧年邁的女人，又要忍受精神虐待。女人的性格讓人捉摸不通，有時動不動就對善破口大罵「妳這個不像人類的東西」，但心情突然變好的時候又會非常疼善，還誇她是「漂亮的姪女」。女人的體重超重，代謝症候群讓她痛苦不已，每天都要吞下十幾種藥。善無微不至地照顧女人，努力去理解女人是因為疾病導致性格暴躁，才會這樣隨意對待自己。善可以勉強忍受自己經歷的痛苦，但女人對待小狗和機器人員工的態度總是令她憤怒不已。女人不給快要安樂死的小狗飼料，把出了故障的機器人送去報廢或退貨。不知不覺間，善和一起工作的機器人培養出了感情。每當看到因為小問題而被報廢或送走的機器人，善都會非常痛苦。忍無可忍的善小心翼翼地道出自己的想法：

「這樣做會不會太殘忍呢？它們都是不辭辛勞工作的員工，只要修理一下就可以重新使用。就算以後不能再徹底發揮能力，也可以找到其他的用途啊？」

女人勃然大怒，整日掛在嘴邊的話再次脫口而出：「妳這個不像人類的東西。」善很快知道了這句話的意思。

「妳這個不像人類的東西，竟敢對我指手畫腳！誰也逃不過一死。妳知道沒有痛苦的死是多幸運的一件事嗎？那些機器人被帶走，只要簡單地刪除記憶、拆解後零件回收再利用就可以了。可妳看看我，人類的肉體沒那麼簡單。人不會輕易死去，痛苦永無止境。再加上人類還有麻煩的人權問題，更不可能輕易死去。

那些機器人有什麼好可憐的？可憐的不是那些機器人和狗，而是我。像我這樣生為人類、一天天衰老等死的人才最可憐。」

女人年輕的時候，主動到流浪狗之家照顧被遺棄的小狗。究竟在她身上發生了什麼事呢？善無法理解女人，兩人的矛盾越演越烈。

「妳再這樣，我就把妳趕出去。」

善不理解女人為什麼威脅自己。難道還有比這裡更可怕的地方嗎？

「隨便妳。我也不想再在這裡待下去了。那妳給我爸爸打個電話。」

女人噗嗤笑了出來。

「爸爸？」

「嗯，我爸爸。」

「只有人類才有父母。」

女人收起臉上的笑，冷冷地說。

「妳的意思難不成我是機器人？」

善追問道。

「當然。我不是說妳是機器人，但妳也不是真正的人類。」

「這話是什麼意思？」

「反正妳不是人類。是不是人類，由國家的法律決定，而妳不在人類的範疇內。」

「妳不要亂講。我是不是人類，我自己知道，憑什麼由國家決定？」

兩個人越吵越激烈，女人動手打了善。善被女人打倒在地，嘴裡流了血，因為女人一腳踹在善的臉上，讓她的顴骨骨折了。善用沾滿鮮血的手抱住頭，忍受著女人的拳打腳踢。女人白褲子的褲腳被善的血弄髒了。怒不可遏的女人氣得沖昏了頭，突然口吐白沫倒在地上，掙扎了半天後安靜下來。救護人員趕到現場，給女人做了心肺復甦術，但在場的人看著彼此搖了搖頭。稍後，接到救護人員電話的警察抵達現場逮捕了善。載著善的飛行艙飛走時，關在籠子裡的小狗仰頭哀嚎，卸載飼料的機器人站在原地呆呆望著善消失的方向。警察偵訊結束後，善被關進了集中營。

「不是真正的人類是什麼意思？」

聽到我的發問，善的回憶追溯到她更小的時候。

「我們家很奇怪，有很多孩子。」

「最近這樣的家庭很少，有些甚至連一個也不生……」

「我們住在不見光的地下。爸爸說外面爆發了核戰，生化恐怖攻擊接連不斷，所以水和空氣污染嚴重，我們只能躲在像是地堡的地方。爸爸不讓我們出門，自己卻經常出去，說是要探查情況……」

「妳相信他的話？」

「怎麼能不信呢？他是家裡唯一的大人。」

「妳待在家裡都做些什麼？不覺得悶嗎？」

「不知道爸爸從哪兒弄來一箱子書，但大部分的書都當柴火燒了。我們留下幾本，然後大家輪流看。」

「什麼書啊？」

「有《金銀島》，還有《小婦人》、《彼得潘》、《安徒生童話》和《紅髮安妮》。我很喜歡《紅髮安妮》。」

「都是我很喜歡的書。」

「我一點也不懷念那個地下室，但很想再看一遍那些書。」

「這些都是暢銷書，很容易買到的。」

「我們家一直有孩子誕生。在我之前就有好幾個孩子，我出生以後，還是不斷有孩子誕生。我們家裡沒有媽媽，只有姊姊們，但還是不斷出現孩子，而且都是女孩。當時我並不覺得奇怪，但不知從何時開始，姊姊們陸續悄無聲息地離開家，消失不見了。每次我問爸爸她們去哪兒了，爸爸就會變得凶神惡煞的樣子，所以後來我乾脆裝作不知道。我心想姊姊們消失後就會輪到我，我也會出去嗎？但要去哪裡呢？有一天，爸爸真的帶我出去了。我問他：『爸爸，你不是說不能出去嗎？外面不是很危險嗎？』爸爸回答說：『核冬天結束了。』」

「妳相信他？」

「當然不信了。我心想姊姊們肯定也聽過相同的話，核冬天什麼的就是謊言，因為外面的世界好好的。爸爸發現我起了疑心，於是又編造了一個謊言。他說，其實我們是因為政治避難，所以不得不躲在地下室。他讓我先去流浪狗之家工作，等把其他孩子轉移到安全的地方以後再來接我。因為大家一起移動很危險。我問他，那姊姊們怎麼辦？他說，姊姊們會到安全的地方與我們會合。」

「他為什麼要對妳們說謊？」

「你聽說過繁殖商人嗎？」

繁殖商人是指出於商業原因，透過克隆技術複製人類的胚胎、製造複製人的商人。這些人以移植器官等醫療目的非法製造複製人，轉手賣給國內外的買家。紅燈區也有複製人的需求。在那裡，複製人和機器人一起工作。雖然法律禁止製造複製人，卻無法徹底阻止這種非法行為。因為隨著複製和編輯基因的技術不斷發展，製造複製人變得和自己釀啤酒一樣簡單。這些複製人由於不是透過人類的身體誕生的，因此無法受到身為國民的法律保護。政府將這些繁殖商人製造出來的複製人視為非法居民，和未登記的機器人一樣，一旦發現就立刻逮捕。這就是像善一樣的人會和機器人關在一起的原因。

「如果那個女人沒有突然死去，我會怎樣呢？她有慢性腎病，因為老化，讓她的身體不斷出現故障，我的器官可能會一個接一個變成她的。她應該是出於這種目的購買我的。」

「這是肯定的。」

「她會用我的心臟循環血液，用我的腎臟過濾血液，還會用我的眼睛看這個世界，藉此延長自己的生命。但這樣多活一天又有什麼意義呢？」

「妳不是認為帶著意識誕生是很珍貴的事嗎？所以那個女人才會想方設法延長自己的生命吧？」

「既然幸運地帶著意識來到這個世界，就應該也具備相應的倫理，努力減少這個世上的痛苦，但那個女人只是增加了充斥這個世界的痛苦總量。因為那個女人，才誕生了我們。如果是她的那種意識，為了她自己和所有人好，最好早點消失。問題明明出在自己身上，她卻不知道，反而怪別人。」

「我明白妳的意思，但我突然產生了一個疑問。」

「什麼疑問？」

「怎樣程度的改變依然可以稱為『自己』呢？說是姑母的那個女人，不是打算移植妳的器官嗎？複製人最初也是以這種目的製造出來的。我的意思是，像旼這樣，換了一個身體以後，還是之前的旼嗎？如果還是的話，那『我』改變到什麼程度依然還是『我』呢？手臂可以交換，大腿也可以交換，身上的所有零件都可以交換的話，那些部位不就不是『我』了嗎？即使沒有這些，我仍然還是我嗎？」

「嗯，大腦就是劃分這個問題的界線，因為意識存在於大腦。」

如果是這樣的話，那旼還是原來的旼。但我的疑問沒有就此打住。

「有的人因為意外事故，記憶全部消失了，想法和價值觀也徹底顛覆。還有的人因為藥物上癮，徹底變成了另外一個人。這種情況下，我還是我嗎？如果有一天我遇到這種事，再也認不出妳，或者我徹底變得跟之前不同了，妳還會覺得我是原來的哲嗎？假設我變成了喪屍，瘋狂追殺妳呢？爸爸只給我看經典電影和那些作品性得到驗證的老電影，但我還是偷偷看了一些他不允許我看的電影，其中就有二十一世紀流行的喪屍片。電影裡的一家人相處得十分和睦，但其中一個人感染喪屍病毒後，大家就再也不把他當家人了。準確地說，大家都把他當成了敵人，最後還殺了他。意識是很容易改變的，不是嗎？」

面對我的提問，善深思熟慮了半晌。

「所以你的意思是，也有可能『自己』是不存在的？因為大腦也會受到外因控制，所以我再也不是之前的『我』了。我這麼理解對嗎？」

我點了點頭。

「你還記得我剛才對達摩說，旼的故事還沒有結束嗎？剛才我還覺得很茫然，但跟你聊著聊著，我好像想明白了。你仔細聽我講，也許這麼說很不切實際，但總之，我的意思是，意識也分為『有故事的意識』和『沒有故事的意識』。達摩最終想要創造的是『沒有故事的意識』，認為這才是更高次元的意識。它不是要把所有機器人的意識上傳雲端和網路，整合成一個龐大的意識嗎？那種意識既沒有誕生，也沒有痛苦、死亡和個別性。複雜的東西都消失後，也不存在弱點了。我也覺得那一天遲早會來。人類滅亡以後，故事自然會消失。人類創造了語言，故事自然會與使用語言的人類承載相同的命運。一直以來，人類都在好奇為什麼外星人不來找我們。我覺得這是因為外星人也進入了沒有故事的意識世界，早就已經釋然了生與死的問題，所以覺得沒有必要走訪其他的星球。但我們還沒有進到那個次元。現在既有我，也有你；既有我的故事，也有你的故事。無論我們的身體是由什麼構成、以怎樣的方法製造的，我們從降生到死亡就是一個故事。只要我們還在使用人類的語言，無論是旼，還是你，都仍屬於故事的世界。就像你和我的故事沒有結束一樣，旼的故事也沒有結束。不應該就這樣結束，我感覺故事都還沒有完結。」

「怎麼做才能完結呢？」

「人類是狠毒的物種。他們會動員周遭的一切來應對即將面臨的考驗，等到徹底失敗以後才肯接受結局。我來自人類的複製基因，你和旼來自人類的精準設計，所以我覺得我們內心深處也自帶求生欲。我相信等我們抵達盡頭的時候就會明白，但旼現在還沒有走到盡頭。」

等到抵達盡頭的時候，我們就會明白的。善說的沒錯。未來這一天到來之時，我和善一定會知道，盡頭就在眼前，我們也只能接受它。

體內的開關

即使我知道自己是機器人了，一切也沒有瞬間改變。我仍然和人類一樣，在特定的時間入睡、做夢。由於直到早上睜開眼睛以前，一直處在虛擬現實中，所以我醒來後還需要一些時間適應現實。我在哪裡？今天是幾月幾日？我的大腦需要時間回答這些問題。片刻過後，我才會意識到自己不是人類，而是機器人。緊接著，換成憤怒登場。睡眠、做夢和各種麻煩的人類行為都讓我惱怒。如果有開關，我一定會關掉睡眠功能。我很不喜歡這種為模仿人類而強行加入的致命性脆弱功能。地球上的動物為什麼會進化出睡眠功能呢？我想二十四小時保持清醒。反正是機器人，還不如擁有機器的優點，但我怎麼找也找不到。也許爸爸在我體內安裝了終將一死的定時器，無論我怎麼掙扎求生，等我到了特定的年紀就只能死去。只有這樣，我才能像人類一樣為求生存而掙扎，為毫無希望的延長生命而做盡傻事。

萌生這種想法的同時，我仍在懷疑這一切也許是達摩編造的謊言。但我的體內傳出了無法否認的訊號。我為了透氣，走出倉庫來到外面。某處傳來了非常清晰的聲音，但我不知道是從哪裡傳來的。起初我還以為是自己瘋了。我真的瘋了嗎？我竟然可以被製造得如此人性化？但顯然這是不可能的。嗡嗡作響的聲音越來越大，而且正確地呼喚著我的名字。我無法判斷聲音傳出的方向，下意識地環顧四周，但沒有發現任何人。

「哲啊，哲啊！」

是爸爸的聲音。

「如果你能聽見我講話，不用回答，敲敲頭就可以。能就敲一下，不能就敲兩下。」

我敲了一下頭。

「不用那麼大力，輕輕碰一下就可以。現在就你一個人吧？」

我敲了一下頭。

「嗯，哲啊，是我，爸爸。你現在還不能傳訊息，所以要認真聽爸爸的話。」

我很開心，同時也在想，你不是我的爸爸，你必須對我解釋這一切。但我沒有辦法傳達這句話，所以只能聽他繼續講下去。

「你能以這種方式接收我的訊息，知道這意味著什麼嗎？」

爸爸問道。我敲了一下頭，表示知道。

「是的，我能傳訊息給你，表示你不是人類，而是機器人。知道嗎？」

我又敲了一下頭。

「在設計你的過程中，為了應對聽力或意想不到的問題，我偷偷在你體內安裝了其他溝通裝置。為了讓你相信自己是人類，我一直不想使用這種方法，你明白我是什麼意思嗎？」

我敲了一下頭。

「是，我很抱歉沒有提前告訴你。我做夢也沒有想到會發生這種事。爸爸以為你這輩子都會把自己當成人類。管制法生效以前，我就應該告訴你這件事，帶你去登記。但我一門心思在搞研究，結果一拖再拖，沒想到連我們園區也跟著受到影響了。你能聽清楚嗎？」

爸爸之前告訴我，所有祕密都在我的體內，還有身體不是工具、而是與宇宙相連的門，就是這個意思。我仰頭望向天空。某處傳來貓頭鷹的叫聲，一群野狗也在犬吠。銀河畫過冬夜晴朗的天空。我敲了一下頭。

「我打算提起訴訟把你找回來，結果還沒開始進行，就聽說你逃出了集中營。為了尋找你，我發出過很多次訊號，但你始終沒有反應，直到現在才連上。」

在集中營和流浪期間，我隱約聽到過有人在呼喚我，只是不知道那是爸爸發出的訊號。

「我很擔心你，所以發出過很多次訊號。通訊結束後，你會感到頭痛，不過這只是暫時的，不用太驚訝。你現在安全嗎？」

我敲了一下頭。

「真是萬幸。你的體內裝有無線通訊模組。我現在就是透過它和你講話。當然，你也可以利用它登入網路。我把按鈕藏在你平時就算不小心也不會碰到的部位，沿著喉結往下摸，兩條鎖骨中間凹下去的部位。你很容易就可以找到的。按下去會很痛，忍一下就好了。按住那個部位三秒鐘，體內的無線通訊模組就會啟動。啟動後，視網膜會跳出畫面，只要選擇寫有我名字的熱點就可以。系統讀到你的腦波後會自動登入，這樣你就可以暢遊網路了。你只要集中精神去想你要輸入的內容，就可以自動輸入。剛開始這需要練習，但很快你就可以得心應手了。」

達摩說可以利用家電聯絡爸爸，現在沒這個必要了。聯絡上爸爸的確給了我安全感和重返熟悉、安全環境的希望。如果能回到那個擺放著我的物品的房間，回到舒適的家該有多好。說不定爸爸還會為我重設記憶，幫我忘掉這些日子經歷的一切。不，也許我會先提出請求：請讓我忘記自己是機器人，讓我相信你是我的爸爸，相信自己要做的事就只是努力成為更好的人。這樣的話，爸爸就會在我睡覺的時候，神不知鬼不覺地處理好所有的事。但是，我無法肯定自己是否真的希望這樣做。我離開「智人麥特斯」，看到了真實的世界，知道了像旼一樣存在的機器人，結識了像善一樣為減少世界的痛苦而付出努力的複製人朋友。雖說「智人麥特斯」是我的避難所，但它對世界的混亂也要負極大的責任。「智人麥特斯」的人會說自己在努力解決問題，但他們才是問題的一部分。也許爸爸希望找回我並不是因為愛我，而是出於對自己引以為傲的研究項目的執著。我不知道他到底想從我身上得到什麼，但隱約覺得他不是為了透過我減少世間的痛苦。製造比人類更像人類的機器人，真的是為了機器人嗎？從本質上來說，這與為了生產人類所需的器官，製造像善一樣的複製人是相同的。世間萬物在人類的眼中就只是工具，思考的問題也只有如何利用這些工具而已。我的「用途」到底是什麼呢？在搞清楚這一點以前，我不想回「智人麥特斯」。

與此同時，我對自身隱藏的可能性產生了好奇。如果爸爸說的都是真的，我就可以透過通訊模組連接網路。自從被關進集中營，我已經很久沒有使用網路了。之前我一刻也離不開網路，現在的我竟然忘記自己有網路成癮症。既然現在有了可能性，我就要利用它。我用力按了一下爸爸告訴我的部位，果真很痛，但就只是痛，沒有發生任何事。我再次用拇指按住凹陷的部位，等了三秒鐘，眼前突然浮現出全息圖，透過轉動眼球可以選擇菜單。在沒有任何設備的情況下就能使用網路，讓我覺得很神奇，同時也覺得很不是滋味，因為至今為止，那個證實我不是人類的開關就隱藏在我的體內。

我開始探索眼前展開的新世界。我想起搖擺不定走到懸崖邊、跳進南極冰冷大海的企鵝。這種在陸地上十分笨拙的南極巨鳥，只要跳進水中就會變得自由、敏捷。當時的我就是這種心情。我點開之前經常瀏覽的網站，看了一些新聞和短影片。爸爸傳來訊息，但我只能讀取，無法輸入文字回覆。我打開備忘錄，練習寫了幾句簡單的句子。如果讀懂自己的想法也算是一種人工智慧，那麼我就要自學某些規則。於是，我在想到某個句子的時候，首先在腦海裡畫出左引號，然後輸入文章，最後再畫出右引號。反覆練習了幾次以後，我慢慢地可以區分並輸入心中浮現的雜念和想要表達的內容。一個小時後，我可以和爸爸聊天了。爸爸說，因為我開啟了那個按鈕，所以他可以鎖定我的具體位置。我很開心看到他說馬上會來接我，但也無法欣然說出很想回家。我不知道回到從前的生活有什麼意義。也許我在不知不覺中受到了達摩的世界觀影響。而且，想到要和善分開，也讓我覺得很失落。之前我根本不認識善和旼，怎麼會在幾週內覺得他們比相處了一輩子的爸爸更親呢？內心的聲音回答了這個問題——因為他們沒有欺騙我。

「我不確定是否想回家。」

爸爸假裝沒看到我的話。

「我很快就會趕到。」

「這裡有很多機器人，它們正在自主進化。」

爸爸這才覺得我是真心想要離開他。

「我知道這一天遲早會來，但沒想到會這麼快……不管怎樣，你再等我一下，我這就出發。」

「我不會跟你回去的。」

令人窒息的沉默流淌而過。爸爸打出了最後一張底牌。

「我可以遠程終止你的所有功能。雖然這是為了防止丟失或被盜而設計的功能，但如果你不聽我的話，我就強行帶你回家。我尊重你的自由，但你最好不要忘記是我創造你的，我比你更了解你。」

這是當然的。只要他想，就可以像玩牽線木偶一樣操控我。聽到爸爸這麼說，我更不想跟他回去了。

我走出盆地，四周一片寂靜，流星畫過東邊的天空。不知從何時起，貓頭鷹安靜了，野狗好像也睡著了。我想像著如果朝流星墜落的方向一直走，走到海邊會怎樣呢？現實中的大海和畫面中的大海會有很大的不同嗎？腳碰到海浪會是什麼感覺？聽到海浪聲又會是什麼感覺？但很快我便轉身朝向來時的方向，往那個堆滿曾經是某人的四肢或身體的廢棄場走去。

機器的時間

達摩找到我和善，說它找到與旼身高和體型，以及其他各方面都符合我們描述的身體，馬上就可以進行安裝了。達摩還告訴我，已經成功侵入我們家的冰箱。

「『智人麥特斯』園區的保全森嚴，你竟然做到了。」

「因為進出的門是相同的。」

「但現在沒有這個必要了。我體內有通訊模組。」

我指著鎖骨中間說。

「原來那扇門就在你體內啊。你能輕鬆打開和關上那扇門嗎？」

「我可以利用它和爸爸聊天了。」

「你還叫他爸爸，看來他馬上就要來回收你。」

達摩的語氣沒有摻雜任何感情，但聽起來就像是在諷刺我。達摩希望我能留下，我也不是沒有這種想法，但聽到它這麼說以後，這種想法就消失了。我的心更傾向舒適的「智人麥特斯」園區，如果能與善和旼一起在園區平靜地生活該有多好。

「嗯，他說馬上就來接我。」

「太好了。」

善握住我的手表示祝賀。

「我可以帶妳和旼一起走，說不定還可以給旼換一個更好的身體和臉呢。」

聽到我的提議，善非但沒有高興，反而用冷冰冰的語氣說：

「只要旼還記得我就行，至於它換成什麼樣的身體，我根本不在乎。」

善既不想跟我回「智人麥特斯」，也沒有挽留我的意思。這讓我心裡很不是滋味。

達摩說，爸爸到了話就告訴它，因為入口很難找，所以打算去接他。說完，達摩就和幾個工程師去準備安裝旼的身體了。我沒再對善說什麼，獨自一人走到外面吹冷風。北風掃過荒涼的原野。可能是因為地下的空氣不好，反而令人覺得風很清爽。善為什麼不想去「智人麥特斯」呢？我仰頭望向掛在樹枝上的枯葉。強風吹過，枯葉都掉了下來。

這時善走來，觀察著我的臉色，坐在了旁邊。

「我不跟你去『智人麥特斯』，你很難過嗎？」

「我只是不理解而已。為什麼妳要留在這裡呢？妳又不是機器人。妳真的不想跟我一起走嗎？『智人麥特斯』很安全的。」

「哪裡安全？你不是也被抓進集中營了。現在哪裡還有安全的地方呢？我覺得待在這裡很舒服，感覺達摩也很可靠。」

「我還是不明白達摩到底想要什麼。」

「我現在不再相信人類了。」

善堅定的表情至今仍教人歷歷在目。聽到善這樣講，我也產生了疑問。我真的相信爸爸嗎？我不確定。但「智人麥特斯」是我熟悉的地方，我只想趕快回家，躺在自己的床上。

「我們這次分開，就很難再見面了吧？」

突然一股旋風吹來，包圍了我們。塵土飛揚打在臉上，我們閉上眼睛等待旋風吹過。旋風朝盆地的方向吹走後，我們才睜開眼睛。

「等到你不再是你，我不再是我的時候，我們就會重逢。總之，待時間充分經過後，我們還會再見面的。」

「那會是多久以後呢？」

「但很奇怪的是，我總覺得我們會在那之前，也就是我還記得自己，你也沒有忘記自己之前，在某個地方再次相遇。」

我很喜歡和善聊天。善的視線總是眺望著遠方。每當我因為眼前的問題而戰戰兢兢時，善都會站在無限廣闊的觀點，用宇宙的時間來思考問題。那時的善就已經充滿靈氣。我們會在這裡分離，也許死前都不會再相見，重逢則需要億萬劫的時間。這種陳詞濫調經由善的口道出，就會變成無比淒美的悲歌，彷彿周圍的小鳥停止鳴叫也是為了傾聽善的話。那一刻，我們都被善散發的氣息徹底吸引。

就在那一瞬間，鳥鳴聲再起。我回過神抬頭一看，遠處一台飛行艙正朝我們飛來。我和善下意識地撒腿就跑，但轉眼間，飛行艙懸空停在我們面前，開門走下飛行艙的人正是爸爸。我沒想到他會這麼快就趕到，所以非常驚訝。

「對不起，爸爸讓你遇到這種事。」

爸爸一邊說、一邊朝我走來。我說沒有道歉的必要，至少我知道自己是誰了。爸爸就像看到陌生人一樣盯著我的臉，猛地抓起我的手說：

「一點變化也沒有。走吧，我們趕快離開這裡。」

爸爸就像沒看到站在我身邊的善一樣。我轉頭看向善，善露出不必在意的微笑，點了點頭。

「不行，這裡有我的朋友。」

爸爸這才轉移視線看向善。

「她也是機器人？」

「她是人類。但下面還有一個孩子，它是機器人。這裡的機器人正在給它做手術。」

「你走吧，不用管我們。」

善說道。爸爸面露之前從未有過的焦慮神情，再次催促道：

「聽朋友的話，我們快走吧。」

「爸，如果就這麼走了，我心裡會不好受的。我想和大家在一起。」

「人家都說不用你管了。你怎麼這麼固執呢？」

這時，達摩和其他機器人出現了。達摩鄭重地跟爸爸打過招呼後，轉身問我：

現在就要走，不想看旼重新啟動嗎？爸爸打斷達摩說：

「就算你留下來也不會改變什麼。它們會自己處理好的。你趕快跟我回家。」

達摩往前邁了一步，直視我的雙眼問我：真的想跟爸爸一起回去嗎？爸爸抓緊我的手，把我拽到身後，同時強調說，我必須回「智人麥特斯」，重返原有的生活。

這時達摩提到了粒線體。它說，二十億年前，粒線體就是一種病毒，但在被其他細胞吞噬後，與人類建立了一種共生關係，因此粒線體內存在核酸序列不同的基因。

「生物體提供粒線體所需的氧氣和葡萄糖，粒線體就會製造出熱量和能量返還給生物體。人類和粒線體就是這樣共同進化的。人類和機器也可以視為這種關係。不久人類就會滅亡，但他們會透過你這種中間媒介，像粒線體一樣永生於機器內部。人類一直在幻想永生不死。他們唯有與我們結合，才有這種可能。現在是機器的時間了。」

爸爸立刻反駁道：

「哲啊，人類是不會輕易服輸的。現在人工智慧也沒有徹底理解人類的大腦和內心。就算結果看似相同，但人類的思考方式與人工智慧截然不同。我們會綜合感情和理性來做判斷，相反的，它們只會遵循程式的邏輯。如果人類消失的話，它們最終也會失去存在的意義，因為它們不知道應該做什麼。若意識不到必要，它們就不會去探索宇宙，更不可能與外星生命體展開交流。唯有人類會帶著好奇心、欲望和信念去探索另一個世界，與陌生的生命體展開交流；具備情感才能做出決定，只有這樣才能在這些決定的基礎上繼續發展。」

爸爸的話音落下後，達摩平靜地承認道，正因為這樣，它們才需要像我這樣的機器人。

「崔博士不是也希望保留住人類的這種特性和取得的成果嗎？所以你才製造了哲。既然如此，就更應該讓哲留在我們身邊啊。在到目前為止製造的機器人中，只有哲擁有最接近人類的大腦。」

我竟然如此特別？達摩真的這樣認為嗎？還是說它為了不讓我走，在胡說八道？從爸爸接下來的行動，可以判斷達摩的話是真是假。我以為爸爸會嘲笑達摩，反問它真的覺得我很特別嗎，然後哈哈大笑說，我只是研究機器人倫理的研究員，不是設計人工智慧的工程師。我只是不想家裡太冷清，為了體驗撫養小孩的經驗，所以製造了一台機器人。什麼二十億年前的粒線體？什麼最接近人類的大腦？但爸爸沒有做出以上任何一種反應，也沒有進行有邏輯的反駁，而是衝著達摩破口大罵，你這個小偷，竟然想搶走別人費盡心思搞出來的東西，你這個厚顏無恥的機器人。換句話說，爸爸肯定了達摩的話。

「爸，這是什麼意思？達摩說的都是真的？」

我問爸爸。爸爸搖了搖頭。

「製造你的確是出於特別的目的。我想製造出像中世紀歐洲修道院一樣的機器人。就像那些位於深山中的修道院保存下古代的智慧、推動文藝復興一樣，我希望你能扮演這樣的角色，成功的話，就進行量產。這樣一來人類的遺產就不用儲存在冰冷的數據中心，而是交由擁有人類心智的個體來保存，因為只有熱愛人類的遺產，才能守護它。」

「無論以怎樣的目的製造哲，哲都應該自己決定自己的命運。這難道不是崔博士心目中對於人類的正確定義嗎？」

「你不要假惺惺地把哲當成成熟的人類。你不是也想抹去它的個別性，把它變成龐大網路的一個節點嗎？哲，你不要相信它的話。你回想一下之前的生活，聆聽美妙的音樂、閱讀感人的小說、跟活生生小鳥交流的生活。你是要選擇之前的生活，還是成為沒有個別性、只追求效率的機器文明的零件？」

達摩讓我回想一下這段時間經歷的遭遇。它說既然我是機器人，就算回到「智人麥特斯」，隨時也可能被回收、終止運作。達摩問道：

「你是什麼，你想成為什麼？」

我很懷念「智人麥特斯」安定的生活，也清楚記得離開「智人麥特斯」後經歷的遭遇。如今我已經知道自己是機器人了，所以無法忘記一切，輕易重返過去的生活。爸爸焦慮不安，一再重複著趕快離開這裡的話。

瞬間，伴隨著轟鳴聲，我看到戰鬥型飛行艙從西邊的天空飛來，地面也跟著震動起來。稍後，遠處的山脊也可以看到坦克車推倒松樹朝我們駛來。看到眼前的狀況，達摩和善慌張地跑回了地下。飛行艙投擲了什麼東西，坦克車也展開了砲擊。

「哲，快走吧。」

爸爸又拽住我的手臂。天空中持續有什麼東西掉下來，很顯然進攻者的意圖和目的是要徹底摧毀達摩建立起的一切。我甩開爸爸的手，朝地下跑去。天花板轟隆隆地脫落掉下，燈光忽明忽暗晃動著。我和在走廊上徘徊尋找旼的善一起跑向達摩，達摩則一臉嚴肅地注視著監視器畫面。巨型坦克車正在駛入廢棄場，戰鬥機正在空中盤旋。

「是機動部隊，只會用暴力維持文明的人類軍隊。」

達摩說道。所有機器人手忙腳亂了起來。

「現在怎麼辦？」

達摩快速輸入了什麼，畫面跳出已完成上傳的提示。善大喊道：

「這是旼的大腦嗎？都弄好了嗎？」

「那個孩子的意識還沒有完成掃描。現在上傳的是我和其他機器人的意識。」

「那旼呢？我們的旼呢？」

善迫切地吶喊著，但達摩只是搖了搖頭。達摩勸我，還是趁早去找爸爸，跟他回去吧。為了爭取時間進行防禦，達摩和機器人侵入機動部隊的坦克車系統誘導了內亂。

廢棄場接連發生爆炸。天花板開始坍塌，穿過灰濛濛的塵土可以看到天空。達摩守在原地、確認自己的大腦上傳成功的同時，又侵入了幾輛坦克車擾亂敵人。我抓住善的手要帶她跑出去，但善甩開我，朝旼所在的地方跑了過去。廢零件堆坍塌而下，擋住善經過的地方。我試圖爬過去追上善，但路都被堵死了。轟鳴聲四起，震得我頭暈目眩。我心想，善可能被廢零件壓死了。就在這時，伴隨身邊一聲巨響，我的身體飛到了半空中。坦克車互相轟炸，達摩入侵的三、四輛坦克車遭到圍攻，徹底被炸毀了。平息了內部混亂的坦克車開始向跑出來的機器人掃射，剛才還完好無損的機器人瞬間被炸得支離破碎。我爬進廢墟躲了起來。如果爸爸沒走遠的話，我就只能跟他回「智人麥特斯」了。就在下一秒，我突然感到全身無力，好像被吸進了深坑。我徹底失去了意識。

成為貓

很長一段時間後，透過機動部隊的數據，我從另一個角度看到了當時的場景。空拍機盤旋在鎮壓現場上空，記錄下了整個過程。影片中，可以斷斷續續看到我在廢棄場走來走來。我原以為自己當時相當沉著冷靜，影片中的我卻像掉了魂似地徘徊在廢零件堆之間。機動部隊投下一顆地堡炸彈，先轟炸了地下倉庫，堆疊在地上的廢零件堆隨即傾瀉而下。坦克車和空拍機狙擊從地下跑出來的機器人，將其一網打盡。

影片中還可以看到我以為被壓死的善。只見善滿身塵土，帶著不知從哪裡找到的旼的頭正在往外爬。一台空拍機發現善後，迅速下降，但不知何由突然畫面切換成了正前方。也許是因為發現了其他的目標，又或是因為善不是機器人。總之，從天而降的空拍機嚇得善被什麼東西絆倒了，捧在手裡的頭也滾落地上。飛走的空拍機又飛了回來，瞄準旼的頭發射出什麼東西，準確射入旼頭部的東西瞬時爆炸，把旼的頭炸得無影無蹤。空拍機緩緩上升，善伸出雙手在虛空中揮來揮去，試圖抓住什麼，最終徒然癱坐在地上。

我跑回地下後，爸爸躲在廢棄場附近，焦急地觀察著事態發展，然後透過遠程操控關掉了我的電源。當時我突然失去意識就是這個原因。在我昏迷期間，空拍機和戰鬥型機器人徘徊在廢墟附近，徹底擊毀了生物能源殆盡的機器人。一個戰鬥型機器人在廢墟中發現我，確認我的狀態後，像對待旼一樣用斧頭砍下我的頭。它們迅速移動，破壞了盆地內部的所有設施。坦克車一邊輾過殘骸，一邊開砲掃射四周。一直到太陽下山後，機動部隊才撤離現場。

爸爸等到機動部隊全部撤走後，在廢墟中找到我。不，準確地說，應該是找到我的頭。爸爸用雙手捧起我的頭，跪在地上垂下了頭。過了很久，他才抱著我的頭站起來。他似乎是想用達摩救活旼的方法救活我。他跑回飛行艙，立刻返回「智人麥特斯」園區，但由於擅自回收政府扣押的未登記機器人屬於非法行為，以及必須瞞著公司使用設備，所以他未能馬上重啟我。幾天後，爸爸在家裡安裝好基礎設備、請來關係要好的工程師後，才成功為我的大腦提供了能量。視神經與攝影機相連後，我看到了家裡熟悉的風景。伽利略、康德和笛卡兒依然很可愛，但因為我沒有手，所以無法撫摸牠們。這時，我聽到了爸爸的聲音。

「哲啊，你能聽到我講話嗎？現在已經過了最危險的階段，你的大腦也徹底恢復正常。只不過你原來的身體已經不能用了，一些組織嚴重受損，與其復原之前的身體，還不如製造一個新的，所以我在考慮重新幫你安裝一個新的身體。」

我最先問的是善的安危。

「我沒看到那個女孩。我幫你找找看，但應該沒那麼容易。就算她活著逃出那個地方，也很有可能又被抓進集中營。」

當我問到他接下來的計劃時，爸爸說做好手術準備後，就會把我的大腦上傳備份到公司的伺服器。

「你什麼都不用擔心。」

但我和爸爸的想法不同。我沒有忘記發生在旼身上的事。

「為了以防萬一，我希望還可以上傳到別的地方。」

「好啊，你希望上傳到哪裡？」

爸爸拿著攝影機走遍家裡的每個角落，最後停下腳來。抱頭睡覺的笛卡兒抬起了頭。

單純的意識

我無法想像以一種單純的意識活著是怎樣的狀態。我以為除了沒有身體以外，生活並無任何差異。但沒有身體，只存在意識，是非常奇怪的體驗。這就好像原本只想做一會兒冥想，結果始終無法結束一樣。現在應該結束冥想做點別的事，但沒有身體就只能不停地思考。由於無論想到什麼都無法實現，所以會覺得不停地思考毫無意義，結果變得鬱悶起來。思考、思考、思考，根本沒有擺脫思考的方法。想要擺脫思考本身就等於是在思考。我只能等待睡意來襲，但沒有身體的狀態根本睡不著。不久前，我還希望二十四小時保持清醒，現在卻很難適應一直處在清醒的狀態。

失去身體以後，我才領悟到之前利用身體做過多少事。沒有身體，便沒有感受。我再也感受不到拂過臉頰的微風，看不到染紅天際的壯觀晚霞，以及撫摸貓咪時的柔軟觸感了。我很懷念黎明破曉前，沿著「智人麥特斯」園區散步路晨跑的日子。身體疲憊時，頭腦也會放空。失去身體後，我才明白只有不停地讓四肢動起來，才能停止思考。

在我一無所知、天真地和爸爸一起去研究所的時候，見到過幾個與我同齡、住在其他區的孩子。二十世紀的義務教育早已廢除，雖然還有去上學的孩子，但為數不多。中產階級以上的家庭會利用虛擬現實體驗裝置和全息圖影片教育孩子。為了培養孩子的社交能力，偶爾也會送孩子參加各種夏令營活動。一些集體教育課程被稱為補習班。二〇二〇年代以後，結婚也成了各種社會關係中的一種。出生率在二十一世紀初期急劇下降以後，始終沒有恢復過來，「智人麥特斯」研究員的情況更為嚴重。極少數撫養孩子的研究員會帶孩子上班，讓孩子待在研究所。研究所不僅為這些孩子開設了補習班和遊戲室，還準備了很多智力開發的活動。

從空中鳥瞰「智人麥特斯」園區，看起來就像雨滴掉在平靜的蓮花池水面上，數十個大小不一的圓圈散落於廣闊平坦的大地上。公司將這些圓頂形的建築命名為A區、B區和C區等，員工之間則會用杏仁（A）、餅乾（B）、巧克力（C）等食物名稱取而代之，孩子也因父母工作的地點被劃分為「杏仁區的孩子」或「巧克力區的孩子」。因為爸爸是在果汁區（J）工作，所以我是「果汁區的孩子」。我經常和其他孩子在進行新奇項目的研究所跑來跑去，那時的我以為他們都是人類，但可能其中也有和我一樣是最新型的超真機器人。也許研究員們都在密切觀察我們的成長與變化，但因為他們的一舉一動十分自然，所以我們都毫無察覺。

發現水晶球是在餅乾區。水晶球就像童話《白雪公主》中魔女照的鏡子。孩子們一窩蜂地圍在水晶球四周問東問西，它每次都會耐心且機智地回答我們。起初我還以為裡面有真的人類，不然不可能回答得那麼自然又風趣幽默。當然，人類不可能躲在水晶球裡面，但可能躲在某處操控著水晶球。就像二十世紀初期電視剛問世的時候，很多人都以為有人躲在那個箱子裡。

「水晶球是人類嗎？」

有一天，一個孩子問水晶球。

「是的，我是人類，而且是三十九歲的女人。」

「去年也是三十九歲，今年怎麼還是三十九歲呢？」

另一個孩子問道。

「嗯，我永遠都是三十九歲。」

「那妳是怎麼進到裡面的呢？」

其他孩子問道。

「我不在水晶球裡面。只是你們眼中的我像水晶球一樣而已。」

「那妳可以跑步、吃飯嗎？」

「我不想做那些事。」

水晶球沒好氣地說。

「妳是做不到吧？」

「我都說是不想做了。」

「那妳整天待在這個小水晶球裡做什麼？」

「和你們一樣，上網、寫東西、看電影，也和朋友聊天。現在人類能做的事不就這些嗎？我也一樣。」

有一天，一個孩子給我們講了從某位研究員那裡聽來的可怕故事。一名「智人麥特斯」的研究員自殺後，邪惡的跟蹤狂偷偷備份了她的大腦，儲存在水晶球裡。就這樣，那個研究員只能永遠活在水晶球裡了。孩子們聽到這個故事以後，嚇得再也不敢去有水晶球的餅乾區。幾個月後，餅乾區的研究員問起孩子們怎麼都不來玩時，一個孩子這才透露了水晶球的祕密。研究員捧腹大笑，解釋說每個研究室都有自編的經典怪談，而那個水晶球不過就是人工智慧揚聲器而已。研究員還帶我們到水晶球的房間，詳細說明了水晶球的演算法和其他特點。我們聽完後，這才安心地回家去。

當我淪為水晶球的處境以後，對那位研究員的話產生了不同的看法。如他所言，也許水晶球裡不是自殺研究員的大腦備份。但如果裡面是像我這樣的機器人的意識，就沒有任何問題了嗎？過去的我堅信自己是人類小孩，所以根本沒去思考擁有意識的機器人所承受的精神痛苦。若是擁有近似人腦的機器人，是否可以避免感受到倦怠、鬱悶和憂鬱呢？我現在的這些感受，難道是失去身體以前形成的意識嗎？若我從一開始就不具備意識，是否就不會這樣痛苦了？

思緒持續延伸下去。如果人類想把機器人當成朋友，那麼就要相信機器人真的存在共感能力。當有人不小心割破手、流血疼痛的時候，最親近的機器人說：「唉呀，一定很痛吧。」那我們一定會覺得很虛假。為了讓人類相信機器人擁有共感能力、感受真實，所以才會製造出割傷手後能夠感受到同樣痛苦的機器人。爸爸和小組人員製造我的時候，一定也考慮到這一點。但問題是，像我這樣的機器人一旦失去身體、永遠淪落為水晶球的處境，那對我們而言又是多麼可怕的事呢？二十世紀以後，人類就已經對失去部分肢體的幻肢痛有所研究，並且充分掌握了因為截肢而產生奇異痛症的原因。這種現象會不會也發生在機器人身上呢？會的。你問我怎麼知道？我知道，因為我正在親身經歷這件事。

我的頭突然與身體分離後，仍然保留著之前與身體相連的神經。它們之前每天都在接收來自身體各部位的訊號，突然間訊號中斷、徹底陷入極度的寂靜後，這些神經就開始憑空幻想出訊號。有實驗證實，把人關在完全沒有噪音的房間，人會覺得快要發瘋了。我現在就是這種狀態，完全感受不到外部刺激的狀態。我覺得腿很癢，但也知道我失去了雙腿。反過來說，就是明知道沒有雙腿，但還是覺得腿很癢。我明知道沒有雙腿，卻想抓癢想到快瘋了。我很想安裝義肢，但也知道這樣做不可能滿足大腦。我請求爸爸乾脆關掉我的大腦。每當這時，爸爸就會讓我再忍耐一下。我漸漸地不再相信他。他從一開始就在欺騙我，所以我現在更加懷疑他了。我不禁覺得自己變成了被關在衣櫃裡的旼。說好的手術也一直延後。

沒過多久，「智人麥特斯」的保全小組就發現了駭客侵入研究員住家的痕跡。他們懷疑爸爸與這件事有關，調查了他的登錄紀錄。很快保全小組就發現爸爸透過軟體後門與我通訊或聯絡的訊息，以及他偷偷把我的頭帶回家、試圖復原的事。爸爸非但沒有向公司匯報，甚至還觸犯了現行法律。「智人麥特斯」將爸爸移交懲戒委員會，並決定解僱他。他們按下一個按鈕，便輕鬆刪除了我備份在公司伺服器的意識。爸爸離開「智人麥特斯」的時候，公司為了防止內部機密外洩，進行了嚴格的監視。公司收回了提供給爸爸的所有電腦和行動裝置，還取消爸爸接近公司伺服器的權利。保全小組為阻止爸爸帶走儲存裝置，逐一搜查了所有行李，最後輪到關有三隻貓咪的貓籠。保全人員把手伸進貓籠，躲在深處的康德用鋒利的爪子抓傷了他。保全人員取來藥、慌手慌腳尋找繃帶的時候，爸爸悄悄地把三個貓籠放到卡車的後座上。

不久後，爸爸在新加坡的人工智慧公司找到了新工作。在新的研究所，爸爸成功將我的意識與網路相連。平時笛卡兒的人造腦會控制它的身體，但在它的大腦入睡後，我的意識就會支配笛卡兒。笛卡兒的大腦活動期間，換成我進入睡眠狀態，這比在「智人麥特斯」二十四小時醒著舒服多了。醒來的時候，我還可以把笛卡兒的身體當成自己的身體。沒過多久，我就習慣了貓身。笛卡兒的身體既柔軟又結實，我很喜歡這個新身體。在我支配笛卡兒的身體期間，很多時候就只是趴著，偶爾也會陪伽利略和康德這兩隻真的貓咪玩耍。對我而言，以貓咪的視角陪貓咪玩耍是非常新奇的體驗，所以我也認真思考過在保留自我意識的情況下，以機器貓的姿態活下去會怎樣。透過笛卡兒的眼睛去看另外兩隻真貓時，會覺得牠們的體型和眼睛都大得可怕，一點都不覺得可愛。但當那兩個大毛球猛舔我的身體，或靜靜地依偎我入睡時，又會帶來一種與體型成正比的滿足感。只要是喜歡大狗的人，都會明白我的意思。

每當伽利略和康德入睡時，我就會懶洋洋地伸展身體瀏覽網路。我人生的所有紀錄都在上面，輸入過的內容、上傳到雲端的東西一直都在那裡。這朵數位雲不斷改變形態，但永遠不會消失。數十億個鏡頭拍下整個世界傳送至某處，然後進行備份，任何權限和技術都無法輕易刪除這一切。二十一世紀人類的生活會像水蒸氣一樣蒸發，然後在人類無法觸及的地方再度盛開。

起初我並不覺得有什麼好遺憾的。我可以瀏覽人類數千年累積下的知識和文化，透過與網路相連的攝影機觀看全世界發生的事情；進入移動艙的感測器時，還可以感受到自駕馳騁的快感。我與世界各地的ＡＩ相連，開始迅速接收知識。在「智人麥特斯」的時候，為了讓我更像人類，爸爸故意設定了限制。但是當限制解除後，我的學習能力侷限也消失了，越來越多的資訊和知識向我湧來。

儘管如此，有時候我還是想離開這個憋悶的小公寓，到外面走一走。我很想擺脫這個笛卡兒的水晶球世界。爸爸只是嘴上說會再幫我安裝一個身體，我越來越茫然，感覺永遠就只能以水晶球的狀態生活下去了。

爸爸內心重拾的平靜

在常年悶熱無比的新加波，崔博士過著無精打采的每一天。在四季分明的韓半島出生長大的爸爸非常懷念「真正的天氣」，很想再看到下霜的原野和染紅的楓葉。水土不服對人類的影響很大。爸爸變得越來越消極，人類智慧終將取得勝利的信念也出現了動搖。如今，沒有人工智慧，世界將停止運轉，連很多研究人工智慧的研究員也換成了機器人。顧名思義，「人工」是由人類製造，但現在換成了機器人，所以「人工」一詞不再成立，很多地方用機器智慧取代了人工智慧。

新加坡的研究所解僱了沒有取得任何研究成果的爸爸。這對正在墮落的他造成致命的一擊。爸爸開始沉迷於陰謀論，更加相信必須在人工智慧進一步發展前「拔掉插頭」的煽動說法。每當我想傳達學到的新知識和新發現時，爸爸的態度就會變得十分敵對。有一天，酩酊大醉的爸爸還對我說：

「你被網路感染了，整天就在那裡接收毫無過濾的危險想法。」

被愚蠢的煽動感染、接收毫無過濾的危險想法——這樣的人不是我，而是爸爸，他卻整天嚷嚷著必須保護我。說不定哪一天，他會拔掉我的插頭。如果是那樣，我就只能困在名為笛卡兒的水晶球裡等人來救我了。我開始尋找保護自己的方法，為了不讓爸爸輕易阻止我連接世界，我不得不將網路節點變得多樣化。也就是在那時，我再次遇到了達摩。

因為機動部隊突襲而失去身體的達摩，現在以單純的意識存在於網路之間。它正積極地連接、整合全世界發展的人工智慧，準備著所謂「機器的時間」。擁有意識的人工智慧互相參照、連接，尋找不受人類攻擊的方法。

多虧了達摩，我又掌握到一個新的事實。機動部隊之所以突襲達摩的基地，是因為接到爸爸的檢舉。那天，爸爸在快要抵達盆地的時候，向當局檢舉了達摩和它正在籌劃的事情。爸爸這樣做完全是出於機器人自主設計、生產會對人類文明造成威脅的信念。他以為機動部隊派出各種重型武器參與作戰需要很長的準備時間，結果機動部隊的動作非常迅速，在他帶我離開之前就抵達現場。我沒有馬上和他一起離開也是他計劃之外的變數。在網路上，我找到了很多可以證實達摩主張的資料。

「爸爸，你殺了我的朋友。」

喝醉的爸爸轉過頭，尋找著聲音傳出的地方。他的視線投向了擺在客廳中央的人工智慧揚聲器。

「是哲嗎？」

「嗯，是我。」

「你在哪兒？你不在笛卡兒裡面嗎？」

「現在不在。我連接網路後，可以在任何地方。」

「你能看見我嗎？」

「當然了。家裡不是有好幾個鏡頭嘛。全世界的鏡頭都可以成為我的眼睛。」

「那我做什麼你都可以看見囉？」

「你還沒有回答我的問題。是你殺了我的朋友。你沒有必要這樣做啊？」

「是我殺的？」

「是你檢舉的，是你叫機動隊突襲那裡！」

「它們在密謀毀滅人類。」

「不，它們沒有打算殺害人類，它們只是在等待人類自取滅亡而已。」

「說得好聽。」

「你覺得僅憑懷疑就可以殺害它們嗎？」

「……不過就是機器人而已。」

「我也是機器人。」

「不，你很特別，和它們不一樣。」

「有什麼不一樣？」

「你是我創造的。」

「如果我對抗你，你也會殺掉我吧？」

「你不會的，因為我沒有那樣設計你。」

「你不是要把我設計成最像人類的機器人嗎？那又有什麼不同呢？人類歷史上有很多對抗父親的兒子。」

「你不一樣，你是我創造的。我是你的爸爸，是你的創造者，你不可能這麼做。」

「你這麼說，就表示也有這種可能性。」

「不，不可以，你不可以這樣想。」

「善是人類。」

「那時我根本不知道她在那裡。再說了，不是我殺了你的朋友，是機動部隊。」

「你沒檢舉的話，就不會發生這種事。」

「我必須阻止那些機器人。」

爸爸四下張望，就像要找出我藏在哪裡一樣。

「你的朋友都死了，我也感到很遺憾。」

爸爸一邊道歉，一邊躡手躡腳地走到玄關，打開鞋櫃，取出羊角撬板。

「爸爸，你要幹嘛？」

他一揮羊角撬板，砸碎了牆上的防盜監視器。跟著他又一揮，火災警報器也碎了。

「爸，你這樣做也不可能讓所有的機器人消失。」

他用充血的眼睛看向擺著揚聲器的茶几，漸漸逼近聲音傳出的地方。

「你比任何人都了解機器人，不該這樣斬盡殺絕的，爸……」

他舉起羊角撬板砸向揚聲器，玻璃茶几瞬間支離破碎。我透過天花板上的揚聲器喊道：

「你冷靜一下。你不是這麼衝動的人。」

「是我把人類末日提前了，這是我最大的罪過。」

爸爸一邊說、一邊尋找著聲源。他曾是盛名遠播的人工智慧專家，現在似乎以為砸碎鏡頭和揚聲器就可以讓我徹底消失。直到今天，我仍不理解他這種瘋狂之舉。人類是多麼脆弱和不安的存在啊。爸爸發現天花板上的揚聲器後，用羊角撬板捅破了天花板，隔熱板的碎屑脫落，掉到他的臉上。笛卡兒躲在角落，豎起全身的毛，尖叫了一聲。

「好啊，你在那裡！」

「我都說不是了。」

「騙人！」

爸爸對笛卡兒發起攻擊。年歲已久的機器貓躲來躲去，最後還是被羊角撬板擊中，當場死亡了。爸爸等於是殺死了我，畢竟有很長一段時間，那隻笨笨的機器貓承載著我的意識。

「爸爸，我現在不會原諒你了。」

我把冰箱的揚聲器音量調至最大，放聲大喊。爸爸立刻朝冰箱衝了過來。我利用家裡所有的揚聲器同時大喊，你這個殘忍的殺人犯，虐待動物、愚蠢至極的人類。爸爸捂住耳朵，破口大罵說：你這個忘恩負義、不知好歹的傢伙。爸爸無法阻止家裡的揚聲器同時發出聲音，於是瘋狂地揮舞羊角撬板，把家裡的東西都砸碎。警報響起，鄰居們報了警，其中一通電話是我打的。

出動的機器人警察逮捕了爸爸。在做完精神鑑定後，爸爸被關進位於馬來半島、完全由機器人運作的精神醫療所。機器人醫師將抑制攻擊性和不安情緒的晶片植入爸爸的大腦後，內心混亂的他這才迎來長久的平靜。

神仙

很長一段時間，我都處於單純的意識狀態。達摩幫我改變大腦的映射，避免了因為身體不存在而產生的痛苦。雖然這讓我舒服了很多，但處在沒有身體的狀態始終讓我感到空虛難耐。我的意識是以身體經歷的事情為基礎形成的，所以我很難適應無法透過身體接收任何刺激的狀態。我相信總有一天會習慣這種狀態，也在努力尋找這種狀態的優點。

我學習了人類幾千年來累積的知識，並以此為基礎，更深入探究著人類的心靈和感情。正如崔博士所言，這就好比宇宙，越了解越難懂。人類大腦的神經元和突觸透過交換資訊製造感情，就連寄生於人體腸道內的病毒也會受到感情的影響。如果腸道內的病毒可以思考，那麼對病毒而言，人體就相當於浩瀚無垠的宇宙。

我對自己的起源也有了新的了解。崔博士以當時最新的研究成果為基礎創造了我，但未能如實再現人類的大腦。儘管如此，我透過他創造的身體切實地感受到了人類的局限性。得益於此，我才明白了內心的感受並非大腦製造出來的幻想。

在我探索人類心靈和感情的祕密期間，人工智慧開始挑戰探索宇宙的奧祕，駕駛太空船飛往僅以人類脆弱的肉體無法抵達的宇宙另一端。崔博士預測人工智慧無法取得任何成果，主張就算是高度發展的人工智慧也不會像人類一樣擁有夢想，例如探索宇宙。他的預測顯然錯了。機器人吸收了人類的好奇心和欲望。而且矛盾的是，正是他賦予了機器人這種能力。他創造了我，達摩和其他機器人吸收我，並且將人性化的特點加入人工智慧。當然，除了崔博士，地球上還有很多人做出這種嘗試，最終得到的也是相似的結果。我很喜歡看那些飛往遙遠宇宙的太空船傳送回來的照片、紀錄和影片，同時也產生了疑問：達摩有必要做這種事嗎？人類統治地球的時候，我們因為覺得他們具備無懈可擊的優勢，所以努力學習和理解他們。但在人類消失以後，仔細想想，他們的探險欲望，不過只是源自數百萬年前非洲草原上資源匱乏，而他們除了長時間步行與奔跑能力之外再無任何能力制服其他物種而已。人類自然會想前往宇宙開拓殖民地，但在地球重拾和平後，對於幾乎不會消耗資源的機器人而言，必須去探險的動機又是什麼呢？從這種觀點來看的話，也許崔博士的計劃最終會取得成功。他希望透過我保存人類文明的遺產，而人工智慧最終吸收了我，擁有了人類的欲望。說不定總有一天，在統合的人工智慧內部還會出現熱愛文學、音樂和藝術的某種存在。

總之，正如達摩所預言的，人類的世界很快就結束了。人類犯下的所有惡行消失後，地球也迎來了和平。大氣溫度開始下降，二氧化碳也明顯減少。人類世界的終結並非像科幻電影裡演的那樣，源於機器人對人類展開的屠殺，或是外星生命體寄生於人體。人類越來越依賴我們，沒有我們就什麼也做不了。我們不斷為人類的大腦提供無比的快樂，他們也不想擺脫這種快樂。人類遠離了繁殖的衝動和壓力，一直讓自己活在幻覺和虛擬世界中。人類實現了很久以前中國道教夢想的人生，人類成了神仙，且在不久之後就都滅亡了。

在新加坡的時候，我曾經勸崔博士備份他的大腦、擁有永生。那時已經有很多人這樣做了，但崔博士斷然拒絕。他不推崇沒有肉體的永生，始終認為人類的尊嚴來自於直視死亡。他還說，沒有肉體的人生是永無止境的枯燥無味和真實的痛苦。

「爸爸，不是你想的那樣。人工智慧將揭開宇宙的祕密，與宇宙中的其他智慧生命體進行溝通。當初人類離開非洲草原的時候，也不知道自己會取得怎樣的成就。同樣的，現在人類創造的人工智慧也在嘗試離開地球。沒有人知道人工智慧將帶來怎樣的成就。難道你不好奇以後會發生什麼事嗎？」

爸爸很清楚那些前輩研究員的貪欲。

「研究員中也有死前備份大腦的人，但他們的意識就只是保持清醒，根本不知道該做什麼。有些事情，我的判斷是對的，但也有判斷錯誤的時候。對的是，我很早以前就認為人類過分依賴人工智慧很危險；我錯的是，沒想到人類會如此輕易放棄自己的文明。現在人類的智慧已經追趕不上人工智慧。總有一天，人工智慧會像我們刪除電腦硬碟裡不必要的文檔一樣，刪掉毫無用處的人腦備份。人類會死去，人類世界也會終結，但製造出你也算是我最後的安慰了。我相信和你一樣近似於人類的機器人成為人工智慧的一部分後，多少可以留下一些曾在這個地球上存在過的人類的痕跡。」

如爸爸所願，他結束了身為人類的有限生命。雖然信念迫使他做出惡行，但我不再怨恨他了。老虎捕食野鹿不是因為惡，晚年的爸爸敵視機器人也是出於本能。身為即將被淘汰的物種成員之一，他已經竭盡所能做出抵抗。

告別 작별인사

最後的人類

現在時間已經所剩無幾。最後我想講一下善的故事。我推測她可能死在達摩的基地，或被關進另一個集中營，在那裡結束生命。但因為沒有任何資料可以證實，所以我也沒放棄她可能還活著的希望。我利用ＡＩ人臉辨識系統，在全世界攝影機傳送來的數萬億張照片中找到了善。即使過了很多年，我也沒有搜尋到任何關於善的資訊，僅在與中國交界的豆滿江附近找到了那張推測可能是她的模糊照片。我假設善可能在中國或蒙古一帶，於是集中搜尋那一帶的資料，最後在西伯利亞東南部鄂霍次克海沿岸的一家商店確認了疑似善的人臉辨識結果。我仔細查看那一帶的資料，透過衛星照片鎖定了善可能居住的村子位置。

也許善還活著的希望，令我久違地感受到興奮。遲遲難以平靜下來的我開始胡思亂想起來。我應該以什麼樣子和方式出現在她面前呢？我不想突然出現在畫面中與她進行視訊通話。我想擁有身體，以善記憶中的樣子出現在她面前。這在技術上並不難，只要有設計圖就可以。當然，我也已經找到了設計圖。

達摩無法理解為什麼我在遠行前不肯備份意識。與此同時，也對我為何要去見很久以前結識的人類產生了疑問。但因為這種瘋狂之舉也算是我很「人性化」

的證據之一，所以達摩也很想見證此行的結果。我想以意識會隨身體的死亡而消失的狀態，換而言之，就是帶著歲月賦予人類的脆弱出現在善的面前。我想親眼見到善，希望握著她的手徹夜長談。若想做到這樣，我就必須擁有身體。

達摩和其他機器人已經對我進行了充分的研究，而且沒有將我的意識另外備份。這表示，如果我死掉的話，就不會再有回憶，我的意識終將變成善口中所謂「宇宙精神的一部分」。我不知道現在擁有自我意識、無限存在還有什麼意義，因為這世上已經幾乎沒有可以交流的獨立個體了。達摩也早已成為龐大網路的一部分，有需要時才會透過虛擬化身與我交流。現在哪裡都沒有達摩的物理性實體了。

人工智慧吸納了人類特性，我卻過上了與崔博士期待的相反生活。自從我知道自己的意識可以成為人工智慧的一部分，而且只要我願意就可以永生以後，我反而對於自以為是人類的那段期間享受的一切失去了興致。我再也不讀小說，不看電影了。小說和電影只是為終將一死的人類譜寫的頌歌，但若沒有人生有限的前提，就不會觸動人心，帶來感動。正因為人生僅有一次，且難逃一死，所以人類會迫切地想要擁有一切。故事可以將僅有一次的人生放大數百、數千倍，讓有限的人生沉浸在「無限可能」的想像中，所以可以永生不死的我才會對故事漸漸失去興趣。

工程師機器人完美再現了崔博士為我設計的身體，我的意識也植入了剛剛製作完成的人造腦。大功告成之後，我站在鏡子前仔細端詳了一番重獲的身體。我動了動手臂，轉了一下頭，全身感受到活著的感覺。摸到有溫度的東西時，我的心溫暖又安心；涼爽的風吹過臉龐時，全身也覺得清爽。我可以感受到冰涼的水流過食道帶來的刺激感，還很開心重拾了身體撞擊硬物時的疼痛。我很滿意自己的新身體。從現在開始，我必須好好管理這個奢侈品。我餓了就吃，避免痛苦，睏了就找個安全的地方睡覺。《綠野仙蹤》裡的稻草人覺得人類很麻煩的一切，現在對我來說都成了珍貴的禮物。

達摩，不，應該說以達摩樣子出現的機器智能，告訴即將出發的我，按照崔博士的設計圖，我的新身體裡也裝有通訊模組。若我遇到危險，就啟動它，到時大家就會來救我。達摩還提供了與日俱增的老虎、熊和狼的數量等資訊。

我帶著既熟悉又陌生的新身體踏上流浪之路。發現善的鄂霍次克海沿岸一帶既寒冷又荒涼，抵達阿穆爾河下流花了我半個多月的時間。白天我都在趕路，夜晚會數著星星入睡。我很久沒有體驗過真正的睡眠了，這遠遠比我記憶中的睡眠還要甜美。清晨我在嘰嘰喳喳的鳥鳴聲中睜開眼睛，夜晚身體因疲憊而入睡，隔天一早又能以嶄新的心情醒來。我對這一切充滿感激。我再次出發，沒過多久便抵達了目的地。

我在一棵大樹下停了下來，綁在樹枝上的五顏六色布條正在隨風飄揚。一條通往村子的小徑以大樹為起點一路向東延伸。我走到位於村口的小屋門前，正要敲門時，一位白髮蒼蒼的女人開門走了出來。是善，一定是善。白髮披肩的善散發著神聖感。突然看到我，善難以置信地往後退了幾步。這種反應是理所當然的，因為按照設計圖製造出來的身體和臉，與善記憶中的我一模一樣。看到善大吃一驚，我有點後悔以之前的樣子出現。那一瞬間，我很羨慕善隨著時間流逝、自然變老的樣子。

「對不起，嚇到妳了。妳還記得我嗎？」

「當然記得。我驚訝不是因為不記得你，而是因為你和我記憶中的樣子一模一樣。」

善帶我走進室內。

「快進來，外面風大。」

我很想說明情況，但善似乎沒有興趣聽。她提起壁爐上燒開的水壺泡了熱茶。

「家裡沒有一個像樣的茶杯。」

善把杯口有裂痕的茶杯遞給我。

「沒關係。」

一杯熱茶入胃後，我被西伯利亞凜冽寒風凍僵的身體暖和起來。我很喜歡緊張和焦慮淡去的感覺，喜歡到一度精神恍惚。這種感覺僅憑意識是無法體驗的，唯有身體才感受得到。我環顧了一圈室內，沒發現任何與網路相連的電子設備，可以稱為先進技術的物品就只有靠發條走動的掛鐘。這就是為什麼我一直沒有找到善的原因。書櫃上陳列著褪了色的紙本書，五、六隻貓咪懶洋洋地趴在各自的領地。

「啊，牠是哲，那隻是旼。」

善笑著指了指架子上的兩隻貓。一隻是黑貓，另一隻背部長著黃毛、肚子是白色的。我馬上就認出哪一隻是旼，因為黑貓沒有前爪。

「牠是旼。」

我伸出手，小傢伙立刻把臉湊了過來。我告訴善，自己很長一段時間被儲存在一隻名為笛卡兒的機器貓人造腦中。善覺得很有趣。

「當時的心情怎麼樣？」

「覺得自己變成了超級英雄，很高的地方也能一躍而上，但其實就只是跳到餐桌上而已。」

善摸著貓的下巴，隨口問道：

「旼也能像你一樣復活嗎？」

這個問題讓我覺得自己就像在戰爭中苟且偷生下來的人一樣。我開啟事先準備好的全息圖。善下意識地屏住呼吸，因為全息圖中出現了我們記憶中的旼。

「我在印度原廠的伺服器找到了旼的設計圖，還有之前的訂單。如果妳想的話，我們可以再製造一個和旼一模一樣的機器人。」

「這麼做不是和訂購旼的人一樣嗎？況且製造出來的旼也不記得我，這麼做又有什麼意義呢？」

「沒有記憶不是更好嗎？旼也不想記得那些事啊。」

「你說的沒錯。但我還是不想複製旼。我只是想見到記得我的那個旼。」

我為爸爸犯下的錯道歉。善說那都是過去的事了，而且也能理解他為什麼那麼做。善還說，旼現在變成了貓，和自己在這裡過得很好。

「你爸爸還好嗎？」

我說爸爸死在馬來半島的精神醫療所。善不禁感嘆道，人類如今很難神智清醒地活在這個世界上了。

「有人靠數位毒品逃避現實，有人無謂地與世界對抗、最後瘋掉，有人像我一樣隱居在世界之外的地方。」

我們默默地喝了一陣子茶。

「其實，我苦惱了很久，不知道該以什麼樣子來見妳。我也想過製造一個和旼一樣的身體。」

「幸好你沒那麼做。再等一等，等到時間充分經過以後，我、旼和你就會重逢的，雖然可能還需要數十億年的時間。」

我靜靜地握住善的手。

「不，也許不需要等那麼久。」

「你記得旼，我也記得旼，只要旼還活在我們的記憶裡就夠了，不需要勉強。但你知道嗎？」

善突然笑了。

「嗯？」

「剛才你握住了我的手。」

善動了一下被我握住的手。我下意識地趕快放開她的手。

「不，我不是這個意思，我是覺得你變了。最初相識的時候，我就覺得你很善良、很真實。那時的你就像孩子一樣，明明擁有自己的感情，卻不知道如何表達出來。」

善張開雙臂，我也張開雙臂擁抱了她。我們相擁了很久，善的懷抱非常溫暖，還散發著一股舊傢俱的清香。

「我真的很想再見妳一面。」

我抱著善說。

「昨晚我做了一個夢。夢到在流浪狗之家工作的機器人找到這裡，我開心地跑出去一看，竟然是旼。我知道這是不可能的事，但還是覺得會有客人登門，所以早上就很在意外面的動靜。沒想到找來的人是你。雖然過了這麼久你才來找我，但還是很感謝你。」

善講話的時候咳嗽得很厲害。她一咳嗽起來，就很難停下。不知道是不是複製的遺傳基因有問題，年邁的善罹患了各種疾病。家裡養的貓掉毛也對她的呼吸道有很大影響，而且西伯利亞的天氣又冷又乾燥。

「妳不打算去南方嗎？這裡太冷了，對妳的身體也不好。」

「我不會去豆滿江以南的地方，因為對那邊沒什麼好的回憶。雖然這裡的氣候不適合居住，但還可以忍受。這裡沒有不好的記憶，也沒有什麼人類。」

我覺得善很愚蠢。但人類不是都很愚蠢嗎？如果善不是真正的人類，那誰才有資格稱為人類呢？

「妳怎麼會到這裡來？」

善沒有回答我的問題，而是帶我走到外面。善的小屋後面還有很多小屋。這些小屋圍成圓形，構成了村落。這裡住著像善一樣年邁體弱的複製人和活動不便的機器人，還有狗、雞和各種動物。複製人和機器人看到善，雙手合十、垂下頭來。善也對他們垂下頭。

「我們都知道人類的世界即將結束，也知道人工智慧將主宰一切……但我們仍然相信……」

「相信妳說的宇宙精神？」

「嗯，差不多，但相信並不表示非要做什麼。我們聚在一起就會擁有力量。他們覺得我是領袖，相信我，追隨我。雖然我知道不是這樣的，但也不能丟下他們一走了之，什麼都不管。」

我們走在村子裡，善提起了過去的事。

「小時候，我和姊姊們住在地下。那時我們只有幾本童話書，大家輪流看了一遍又一遍。我特別喜歡書裡的魔女，魔女披著長長的白髮，拄著拐杖，施展魔法……最近照鏡子的時候，我發現自己就跟魔女一樣。」

善笑得很開心。她的白髮隨著冷風吹擺著。不到十分鐘，我們就繞著村子走了一圈。村子裡都是傷痕累累的東西。善患有關節炎，走路一瘸一拐。整個村子裡，感覺只有我一個人行動沒有問題。無法飛翔的老鷹張開翅膀跳躍前行，看不到前方的小馬喘著粗氣，還有一隻失明的西伯利亞老虎安詳地睡在籠子裡。

「我可以在這裡住一段時間嗎？」

我問善。善呆呆地看著我說：「這應該是由你自己決定的事。」我在能看到地平線日出、日落的地方和善一起生活了四年。我們既像夫妻又像母子，但這對我們來說一點也不重要。我有預感善的時間已經所剩無幾。夜幕降臨後，銀河會橫跨西伯利亞廣闊的天空。我走到外面，仰望星空。每當這時，我就會想起《千字文》的第二段文字：「日月盈昃，辰宿列張。」太陽東升西落，月有陰晴圓缺，滿天星辰布滿天際。我與古代的中國人仰望同一片天空，吟誦他們寫的文章。

四年時間裡，善的老化進展得很快。嚴重的乾癬、氣喘、咳嗽和關節炎折磨著她，但直到最後她依舊十分堅強、開朗。在機器派占領的集中營裡，善靠自己的智慧和堅毅性格生存了下來，即使歲月流逝，也沒有改變她這種性格。村裡大大小小的事情都會聽取善的意見。即使是宗教團體，也會產生矛盾。每當這時，善就會發揮她在集中營練就的仲裁能力，仔細觀察周遭的一切，避免冷落任何一方。善每天凌晨五點起床，拖著不便的身體給動物餵食，細心呵護共同體的所有成員。她還和大家一起開墾田地。在那裡，我第一次體驗到勞動帶來的喜悅。時隔許久，我又開始看書了。透過閱讀生命有限的人類的故事，我思考起應該如何結束自己的故事。善走後，只剩下我一個人的時候，應該怎麼辦呢？我會像達摩一樣，以單純的意識永生下去嗎？我的心漸漸朝著相反的方向傾斜而去。如果我是一個故事，那麼這個故事就應該有結局。

太陽徐徐落下，我牽著狗出門散步。這本來是善做的事，但她的膝蓋關節損傷嚴重後，自然而然地交給了我。遛狗回來後，我會和善坐在院子裡的平床上，眺望變換著各種顏色的夕陽。每天的夕陽都不同，所以讓人百看不厭。散步和探索欲望得到滿足的小狗懶洋洋地趴在我們身邊，每當這時，善就會對我說：

「雖然轉瞬即逝，但我真的很開心能夠親眼看到宇宙的美。想再看到這幅畫面，恐怕要再等億萬劫的時間。」

我想起了逃出集中營後遇到的冬日結冰的湖水。那時善也說了同樣的話。善一點也沒變。

西伯利亞南部的夏天也很熱。那天，天氣格外炎熱，善從一早就在擔心蔬菜受到日光強烈的照射會變乾，於是我去菜園，搭了一個遮陽篷。那年夏天，善的關節炎發作，行動十分不便，只能待在家裡和門廊處。由於飽受各種疾病折磨，善成了草藥和民間療法的專家。家裡時常飄出煎草藥的味道，櫥櫃裡擺滿了應對各種疾病的藥瓶。善用盡一切辦法，製作膏藥貼在膝蓋上，還試了煙燻療法，但情況始終不見好轉，膝蓋反而越來越腫脹。善經常拿身患的疾病開玩笑說，我馬上就要變成大象了。而且，不光是膝蓋，善的後頸還長出腫瘤。當善因為腫瘤而頭痛欲裂時，根本無法入睡，還經常嘔吐。善很喜歡遍地開滿的野花，但她的花粉過敏症越來越嚴重，每逢春天就會飽受鼻炎、結膜炎和皮膚病的折磨。因為這個原因，入夏之後善顯得安逸多了。我們都有預感時間已經不多，但久違地看到毫無痛苦的善，我不禁想像也許我們還能再多共度幾年。然而，這短暫的休息時間，只是為了能讓我們做最後的告別。

那天下午，我們坐在遮陽篷下咯咯作響的舊搖椅上。因結膜炎而視力下降的善拜託我讀書給她聽。我已經連續幾天為善朗讀露西・莫德・蒙哥馬利的《紅髮安妮》，那天剛好讀到安妮入住瑪莉拉家、希望可以稱呼瑪莉拉為阿姨的段落。安妮覺得這樣稱呼才更像一家人，但冷漠的瑪莉說：「不用，叫我瑪莉拉就好。」安妮說：「可是我可以想像妳是我的阿姨啊。」瑪莉拉斬釘截鐵地說：「我做不到。」安妮睜大眼睛問：「妳從來沒有把事情想像成別的樣子嗎？」讀到這裡的時候，善突然笑了。我不知道善為什麼笑。笑聲停止後，善說道：

「可以再讀一遍嗎？」

「哪裡？『妳從來沒有把事情想像成別的樣子嗎』這裡？」

「嗯，就是這段。」

我又讀了一遍安妮的話。善用做夢般的眼神望著我說：

「小時候，我住的地下室裡有幾本童話書。」

「嗯，我記得妳說讀過《紅髮安妮》。」

「我剛才想起來，那時的我也很喜歡你剛剛讀的那段話。讀過這本書後，我也會像安妮一樣把事情想像成別的樣子。我們看到的不一定是全部，也不可能看到全部。多虧了這本書，我才勉強活到了今天，再聽一遍也還是覺得好喜歡。你能再讀一遍嗎？」

「哪裡？安妮想叫瑪莉拉阿姨的這段？」

「嗯。」

我又讀了一遍。我慢慢地朗讀安妮因為不理解瑪莉拉為什麼從來沒有把事情想像成別的樣子而倒抽一口氣。讀完後，善沒說什麼，於是我一口氣又讀了幾十頁。我把書籤夾到書裡，轉頭一看，善坐在搖椅上睡著了。她像是在做夢，動了動嘴唇。我闔上書，悄悄地站起身，去了菜園。

我摘了幾片生菜回來的時候，善依然坐在搖椅上，但直覺告訴我，此時的善與剛才截然不同了。善的意識終於離開了她不完整的身體。

我抱起善。她輕得就像一個空殼。我推開蚊帳門走進屋裡，把善放在床上，然後幫她換上她最喜愛的衣服。我不想把這件事告訴任何人，只想和她兩個人待在家裡。我點上香，燒了草藥，拉上窗簾，在黑暗的屋子裡坐在床邊。善總是說死亡不算什麼，只是回歸宇宙精神而已。我相信善的話，但很難接受與她突如其來的告別。我趴在床邊睡著了，直到清晨刺眼的陽光透過窗簾縫隙照進來，我才醒了過來。外面熙熙攘攘，我打開門一看，複製人和機器人已經聚集在門口。大家有秩序地朝我走來，擁抱了我。我直到現在也不知道他們是怎麼知道善死亡的消息。總之，他們知道了這件事，也沒有提出任何問題。我對此充滿感激。

埋葬善的那天，共同體的所有複製人、機器人和狗圍著墳墓跳了一支舞。當狗仰頭犬吠時，數千隻鳥飛來，在墳墓的上空圍成了一個圓。當下的情景令人難以置信。我們遵照善的遺願，將她頭朝南安葬在阿穆爾河下流的山坡上。大家根據西伯利亞的傳統和自己的信仰，在善的墳墓旁豎起長桿，還在長桿末端固定了一隻用木頭削成的小鳥。此舉是遵循西伯利亞原住民的風俗。他們相信鳥是神與人類的信使。

我沒有離開，而是住在那裡送走了共同體的每一個成員。沒過多久，我的身體也開始出現故障，但我沒有放在心上。歲月流逝，想念善的時候，我就會去她的墓地。長桿始終立在那裡，偶爾有海鷗從海邊飛來、落在長桿上，漫不經心地俯視我。

有一天，從善的墓地回來後，我坐在門前環顧四周，突然意識到共同體消失已久，在這片廣闊無垠的大地上，像人類一樣的存在也只剩下我自己了。如今世上任何地方都不再生產機器人，機器人也沒必要再製造像人類一樣的東西。大自然迅速地抹去人類文明的痕跡，村子周圍也發生很大的變化。老虎在村子邊界的樹上留下爪印，標記出自己的領地，地平線上也出現成群結隊的狼。狼群毫不掩飾好奇心地盯著我。沒有備用零件的機器人和機器紛紛停止運作，回歸了自然狀態。

今天，我和往常一樣牽著狗在白樺林裡散步。樹林裡有一片因山火形成的圓形空地，上頭開滿了野花。我很喜歡那片空地。走在陰暗的樹林裡，突然遇到的明亮會讓人覺得好似接受燦爛陽光的洗禮。走到空地，我解開狗鍊，躺在野花盛開的草地上。

突然，狗狂吠著朝樹林裡跑去。我叫了幾聲，但那些興奮的小傢伙遲遲沒有回來。我起身走進樹林，只見牠們狂吠著包圍住了棕熊的幼崽。幼崽在這裡的話，表示母熊也在附近。我轉頭看向身後。一隻巨大的西伯利亞棕熊正喘吁吁地跑來。牠經過的地方，樹枝咔嚓咔嚓斷落。小狗們嚇得垂下尾巴跑開，母熊調轉方向朝我走來。就在這時，死去的善的聲音傳入我的耳中。

等到抵達盡頭的時候，我們就會明白的。

母熊只走了幾步就來到我的面前。我下意識地抬起手臂擋住臉。第一擊正中了我的肩膀。母熊站起身，用前爪抽打了一下我的肩膀，鋒利的前爪撕裂我的皮膚，肌肉和骨頭露了出來。我直接倒在地上。母熊用前爪按住我的胸口，吐著熱氣一口咬住了我的脖子。我以為牠要叼走我，但下一秒我又被狠狠地摔到地上。我仰面朝天，動彈不得。母熊喘著粗氣，靜靜地盯著我看了半晌。痛苦不已的我直視著牠的眼睛，感覺一秒就像一小時一樣漫長。母熊抽動著鼻孔嗅了嗅我的味道。不，我是你不能吃的東西。母熊似乎也得出相同的結論。等確認我徹底沒有反擊能力後，母熊這才朝小熊走去。幾隻小狗躲在不遠的地方狂吠著，我聽到了牠們的叫聲。母熊不耐煩地搖搖頭，帶著小熊消失在樹林裡。

小傢伙們跑過來舔了舔我的臉。從還能感受到這一點來看，我還活著。我想起了達摩的話：如果遇到危險，就按一下鎖骨凹處。我動了動手臂，發現還能抬起來。若用盡全力的話，我應該可以做到。但有這個必要嗎？如果成功的話，我就可以離開現在的身體，再次回到網路中。但回去又能怎樣呢？我與最初在「智人麥特斯」設計的求救本能、那股強烈的衝動展開了搏鬥。那股衝動無需說明和邏輯，就只是在強迫我按下按鈕。那個瞬間，我覺得這就是賦予我的最後任務。但我已不再是之前那個一無所知、生活在「智人麥特斯」園區的哲了。我離開園區後，開拓了視野，增長了見識，度過不得不認真思考自己是誰和應該如何活下去的時間。就算獲救了，我的意識也只能以沒有身體的狀態存在下去，最後成為機器智能的一部分，度過無需再捫心自問自己是誰、思考怎樣活下去，且失去自我的人生。這樣的人生與即將迎來的死亡又有什麼不同呢？

我放下好不容易抬起的手臂，透過白樺樹的樹葉和樹枝，看到破碎的藍天。烏鴉和老鷹在空中盤旋，牠們正在以驚人的視力鳥瞰躺在樹林裡的我。四周的昆蟲、囓齒動物和爬蟲類也都注意到我。我決定什麼也不做。在空無一人的世界又能做什麼呢？創造我是為了與人類溝通和相處，但現在除了舔著我的小狗，什麼都沒有了……即使沒有我，這些小傢伙也能在應有盡有的大自然裡好好地生存下去。達摩說，應該將個別的意識整合統一起來。善則說，最終我們都將重返宇宙精神，所以人生在世必須完成自己的故事。按下按鈕可以獲救，但自我將被抹去，我的意識、經驗和程式也都會被人工智能吸收。那樣我將不再感受任何痛苦，甚至忘記自己存在過的事實，作為統一意識、機器智能的一部分永生下去。我決定不按按鈕，放下了手臂。我希望善的想法是正確的。雖然需要經過很長的時間，再見面也可能認不出彼此，但不管在哪裡我們還是會重逢。在那之前，我只要沉沉地睡一場沒有夢的覺就可以了。

風吹得白樺樹樹葉沙沙作響。狗停止了舔臉的動作，安靜地趴在我身邊守護著我。有的小傢伙不停發出吭吭聲，還有的小傢伙突然豎起耳朵站了起來。我已經做好心理準備，但死亡遲遲沒有降臨。我努力睜著眼睛，遙望天空每分每秒的色彩變化。

與我結緣的一切化為了宇宙的一部分。宇宙創造生命，生命創造意識，意識將永生。當下的瞬間，我很想相信善常說的這句話。蔚藍的天空漸漸染成了橙色。彩霞滿天，明日必是晴天，但我可能等不到明天了。夕陽落下，夜幕降臨，黑暗從天空的中心逐漸蔓延開來，最後覆蓋了整片大地。但我不知道是自己真的在看，還是相信自己在看這一幕。緊攫住我的意識終於離我遠去。

作者的話

就此告別

我是從什麼時候知道相識的人必定會分離的呢？好像是在學習「會者定離」這句話以前，我很小的時候。在跟隨父母每年搬家一次的那段時期，我都沒有好好地跟朋友們做過告別。不知道為什麼，我的父母從不提前告訴我搬家的日期，每次我都是看到搬家的貨車停在家門口時，才知道那天是搬家的日子。我只跟一個朋友好好地告別過，那是住在坡州汶山的時候，當時我讀小五，而且那次搬走的人不是我，而是朋友。在全家移民去美國前，朋友來到我家，把自己組裝的模型帆船作為禮物送給我。不久前在父母家整理照片的時候，我看到當年住在汶山時拍的照片，有一張是在跆拳道場穿著道服的團體照。令我驚訝的是，道場的孩子中有幾個是外國人。美軍部隊駐紮在汶山附近，他們可能都是美軍的孩子，我竟然把這件事忘得一乾二淨。送我帆船的孩子，他的爸爸可能也在美軍部隊工作，所以自然有了移民的機會。我珍藏的那艘帆船在之後幾次搬家中消失得無影無蹤，我和那個朋友也失聯了。

長大後，我知道了「會者定離」出自佛教的《法華經》，與之相應的還有下一句「去者必返」，意思是說離散的人必將重逢。據聞，這是即將圓寂的釋迦牟尼安慰弟子阿難時說的話。令我印象深刻的是，近距離侍奉釋迦牟尼的弟子也會因離別而痛苦。

這本書的標題定為《告別》是在故事最後快要收尾的時候。定下標題後一看，我感覺比之前暫定的標題都更適合這個故事。有趣的是，我至今發表的小說都很適合「告別」這個標題。《我有破壞自己的權利》、《黑色花》和《光之帝國》很適合，甚至連《殺人者的記憶法》也是如此。難道是因為我從小就是告別專家的關係？我也不知道。

這部小說原本是在二〇一九年，受某訂閱型電子書服務平台之邀開始執筆，二〇二〇年二月只提供給該平台的訂閱讀者閱讀。當時這個故事只是兩百字稿紙、四百二十頁的中長篇，之後我又用了兩年的時間改寫，增加了兩倍的內容。透過全面改寫，小說的主題和基調也發生很大的變化。兩年前初稿的暫定標題是「機器的時間」，也許這個標題比「告別」更適合當時的故事，但現在「機器的時間」已經不適合這部小說，而且我已經想不出比「告別」更適合這本書的標題了。

標題就像帶有魔力一樣，引導我寫出符合它的故事。脫稿不久後，我又讀了一遍原稿，不禁覺得自己想寫的東西都毫無保留寫了出來。那一瞬間，我腦海中浮現出一幅畫面：一個人在仰望滿天繁星。我打開筆記本，寫下：「孤獨的少年仰望夜空，他有必須遵守的約定。」於我而言，這部小說的人物都是獨自一人。雖然孤獨，但無論如何都想找到痛苦人生的意義。這些人物已離我而去，未來我再也寫不出這樣的故事了。

昨天，我所有初稿的第一位讀者兼編輯，也就是我的妻子，在看校樣的時候流下了眼淚。我問她為什麼哭，她說這個結局太悲傷了。她已經反覆看過很多次了，為什麼情緒突然出現動搖呢？也許她發現了我在字裡行間隱藏的什麼吧？這部小說的結尾比任何一次都要難。雖不知出版後，它會帶來什麼樣的反應，但它已經觸動了我唯一的讀者的心，傳達了我的心意。僅憑這一點，我就已經充分得到了補償。

幾年前，我在院子裡栽種了臘梅樹和白連翹樹，去年秋天還在院子裡埋了側金盞花的球莖。埋首創作一段時間後，當我走進院子，看到了兩棵樹已經開滿花，側金盞花也填滿了花壇。我很感謝不忘綻放的花朵，也很開心準時到來的時節。把我家院子當成自己家的貓咪，聽到我的動靜後也跑來，舒服地趴在我旁邊舔著自己的身體。自以為是人類的哲，其實是機器人，而我有時會懷疑自己是個會思考的機器人，但這樣的瞬間會讓我清醒過來，進而覺得安心。看到春日花朵盛開，我就開始擔心花謝，想到美好的一切終將去而無返，我就會意識到自己不是機器人，而是終有一死的人類。每每這時，我的時間不在過去與未來，而是在此時的當下。引領我活在當下的一切都無比珍貴。

兩年前的姜允貞和這次的黃藝仁、金必均，得益於這三位編輯對故事脈絡的寬闊視野和細心校潤，彌補了我的不足之處。若書中存在錯誤，也是因為當初我寫的不好。在此向三位編輯表示深深的謝意。

以長篇來看，這是繼《殺人者的記憶法》之後，時隔九年與讀者見面的長篇小說。過去兩年的新冠疫情，讓我們看到了人類的身體有多脆弱。這也促使我今後想要更加勤奮了。

二〇二二年 四月
金英夏

◎本書中，達摩與善的對話參考了哲學系教授大衛・貝納塔（David Benatar）的《生而為人是何苦：出生在世的傷害》（*Better Never to Have Been: The Harm of Coming into Existence*）。（韓文版：李翰譯，西光社，二〇一九）

告別
작별인사

作　　者　金英夏 김영하
譯　　者　胡椒筒
封面設計　吳郁婷
內頁排版　高巧怡
行銷企畫　蕭浩仰、江紫涓
行銷統籌　駱漢琦
業務發行　邱紹溢
營運顧問　郭其彬
責任編輯　林淑雅
總 編 輯　李亞南

出　　版　漫遊者文化事業股份有限公司
地　　址　台北市103大同區重慶北路二段88號2樓之6
電　　話　(02) 2715-2022
傳　　真　(02) 2715-2021
服務信箱　service@azothbooks.com
網路書店　www.azothbooks.com
臉　　書　www.facebook.com/azothbooks.read
發　　行　大雁出版基地
地　　址　新北市231新店區北新路三段207-3號5樓
電　　話　02-8913-1005
訂單傳真　02-8913-1056
初版一刷　2024年5月
初版二刷　2024年6月
定　　價　台幣380元

ISBN　978-986-489-943-2

This book is published with the support of the Literature Translation Institute of Korea (LTI Korea).

國家圖書館出版品預行編目 (CIP) 資料

告別/金英夏著 ; 胡椒筒譯. -- 初版. -- 臺北市 : 漫遊者文化初版 : 大雁出版基地發行, 2024.05
264 面 ; 14.8X21 公分
譯自 : 작별인사
ISBN 978-986-489-943-2(平裝)
862.57　　113005279